내 생애
가장
특별한
탈선

내 생애 가장 특별한 탈선

목차

내 생애 가장 특별한 탈선

들어가며

내 나이 내년이면 40. 나는 그동안 숨 가쁘게 살아왔다.
대학교를 졸업하고 바로 장교로 임관했다.
미군부대에서 정훈장교로 3년간 근무한 후에 중국으로 유학을 떠났다.
다시 뉴질랜드로 떠나 재경직 공무원으로 국세청에서 일했다.
나 혼자 잘 먹고 잘 살겠다며 바쁘게만 살아오다가 뉴질랜드에서 큰 지진을 겪었다.
진도 7.8이었다. 그릇이고 TV고 다 박살났다. 안 죽은 게 다행이었다.
직장 동료 하나가 죽었다.
그리고 또 하나의 사건을 겪었다.
내가 일하던 건물 옥상에서 누군가 뛰어내려 자살을 한 것이다.
사람이 땅에 떨어지면 거의 폭탄 터지는 정도의 큰 소리가 들린다는 사실을 처음 알았다.

다른 사람들의 삶이 눈에 들어온 건 그때부터였다.
이런 일들을 겪으면서 나는 나를 낳아준 대한민국으로 돌아가
코이카 해외봉사를 하기로 결심했다.

Chapter. 1

국내교육

올바른 방향 설정과 정확한 거리 측정이 가능하더라도,
실제 난이도는 예상과 다를 수 있다. 삶 또한 그러하다.

일의 방향을 올바르게 잡고, 소요 시간을 미리 가늠하더라도,
직접 와닿는 난이도는 실제로 해보지 않고서는 모르는 것이다.

국내교육

올바른 방향 설정과 정확한 거리 측정이 가능하더라도,
실제 난이도는 예상과 다를 수 있다. 삶 또한 그러하다.

코이카 봉사단원은 5주간의 집체식 국내교육을 받는다. 교육 장소는 강원도 영월에 있다고 했다. 다른 사람들은 서울에 모여 단체로 이동한다는데, 나는 혼자서 따로 갔다. 하지만 결과적으로 여행가방의 앞바퀴가 닳아서 쓸 수 없게 될 정도로 힘든 입소 여정이 됐다.

새벽 5시에 일어나 동대구역으로 기차를 타고 갔다. 철도공사 직원들이 파업을 한다고 해서 걱정을 했으나 기차는 정시에 출발하고 정시에 도착했다. 오전 7시에 도착해 8시까지 기다렸다가 제천으로 가는 버스를 탔다. 제천에서는 다시 주천이라는 곳으로 시내버스를 타고 가야 했다. 큰 여행가방을 끌고 내리려는데 기사 아저씨가 충청도 사투리로 불러세웠다.

"거기 캐리어 드신 분, 주천 가믄 간다고 말을 해야쥬?"

내가 멍하니 있자 아저씨는 돈을 더 내라고 했다. 1000원을 더 결제하고 버스에서 내렸다. 그곳에서 다시 52번이나 52-1번 마을버스를 타면 코이카 교육원에 갈 수 있다고 했지만 마을버스는 없고 행복버스만 있었다. 게다가 버스는 감감무소식이었다. 1시간 기다려서 온 행복버스마저 코이카 교육원 쪽으로 가는 것이 아니라 반대 방향으로 쌩하고 가 버렸다.

그래서, 나는 걷기로 했다. 포털 사이트 지도에는 52분이 걸린다고 했다. 걸을 만하다고 생각했다. 강가를 따라 걷는 코스라 풍광도 나쁘지 않았다. 그러나 인터넷 지도는 중간에 산이 있다고 말해 주지 않았다. 중간에 동네 아주머니에게 길을 물었다.

"이쪽으로 가면 코이카 교육원이 나오나요?"

아주머니는 눈이 휘둥그레지면서 대답했다.

"있기는 하지만, 그거 끌고는 거기까지 못 갈 텐데."

"50여 분 거리인데요, 뭘"이라고 하면서 나는 성큼성큼 나아갔다. 나는 이렇게 생각했나.

'방향만 맞으면 언젠가는 도착합니다, 아주머니. 인생도 그렇죠.'

분명 방향은 옳게 잡았다. 그러나 높이, 즉 난이도는 생각하지 못했다. 산을 올라가는데 캐리어는 자꾸 내려가려고 했다. 산등성이를 내려갈 때는 캐리어가 방향을 잃고 제멋대로 가려고 했다. 천신만고 끝에 교육원에 도착하니 캐리어 앞바퀴는 완전히 닳아 있었다. 문득 인생도 마찬가지라는 생각이 들었다. 일의 방향을 올바르게 잡고, 소요 시간을 미리 가늠하더라도, 직접 와닿는 난이도는 실제로 해보지 않고서는 모르는 것이다. 앞으로 있을 해외봉사활동 또한 쉽지는 않을 거란 예감이 들었다.

국내교육

입교식

입교식이라고 뭐 특별할 것은 없었다. 빨간 모자 교관들이 줄지어 등장하고, 윽박지르고, 얼차려 주고 하는 군대 입소식과는 생판 달랐다. 자유롭게 서로 인사하고, 앞으로 우리를 보살펴 줄 교육원 직원들이 차례로 자기소개를 하고, 교육원 소개를 하고, 그게 다였다.

코이카 영월교육원은 참 예뻤다. 처음에는 서울에 있는 양재교육원에 입소하지 못한 것이 못마땅했으나 영월교육원을 한 바퀴 둘러보고는 생각이 바꿔었다. 여유롭게 산책을 할 수 있는 너른 공간은 물론 대륙별 분위기를 느끼게 하는 문화체험 시설까지 있었다. 여러 나라의 특색 있는 음료를 마실 수 있는 카페도 있었고, 운동을 할 수 있는 시설도 갖춰져 있었다.

봉사단 면접을 위해 방문한 서울 양재교육원

봉사단 면접을 보러 갔을 때 양재교육원에 들른 적이 있다. 당시 양재교육원에 입소한다고 해도 주말에 잠시 외출을 하는 것을 빼고는 건물 밖에 나가지 못하니 답답할 것은 뻔하고, 친구들을 만날 수 있다고는 하지만 일요일에 잠시뿐이니 별 의미가 없겠구나 하고 생각했다. 반면 영월교육원은 첫날 찾아가는 게 좀 힘들었지만 앞으로 즐거운 일만 있을 것 같은 느낌이 들어 기분이 좋았다.

3.

내가 겨울이라고 생각하면 여름 땡볕도 매서운 바람으로 느껴지지만,
그게 쉽지는 않다.

하루 종일 정신을 못 차렸다. 아침 6시에 운동을 할 때까지는 괜찮았다. 몸 컨디션은 그럭저럭 나쁘지 않았다. 하지만 오전 9시에 수업이 시작된 후 5분을 못 견디고 꾸벅거리기 시작했다. 굳이 이유를 따지자면 같이 방을 쓰는 시니어 단원 선생님 때문이었다. 전날 밤 온돌장치 앞에 한참을 서 있더니 온도를 32도까지 올려놓으셨다.

아침에 일어나, 당신은 뜨끈하게 한숨 잘 잤다고 말씀하셨지만, 나는 밤새 불가마에 들어 있는 기분이었다. 10분마다 한 번씩 깼다. 정말 더워서. 이불을 걷어차고, 베개로 부채질까지 했건만 정말 더웠다. 하지만 우리 아버지보다 나이가 많으신 시니어 단원님이 바닥이 뜨끈해야 잠이 오신다는데 감히 온도를 내릴 수가 없었다. 게다가 코를 고시는데, 가끔씩 "컥" 하면서 숨을 안 쉬셨다. 혈압이 높고 건강이 안 좋으시다는 말씀을 하신 기억이 있어서 '내가 둘러업고 병원에 가야 하나' 하는 걱정에 잠을 설칠 수밖에 없었다.

파견을 위해 입소한 코이카 영월교육원 숙소

그렇게 무거운 눈꺼풀을 겨우 버티며 관용여권을 신청하고, 5주 동안 친하게 지낼 소모임을 만들고, 생활에 필요한 몇 가지 사항을 더 들으니 벌써 저녁식사 시간이 됐다. 이곳의 밥은 진짜 맛있었다. 매일 집에서 맛있는 밥을 만들어 주셨던 어머니께는 좀 미안했지만 집밥보다 훨씬 더 맛있게 먹고 숙소에 돌아왔다.

이날 내가 파견될 나라의 언어인 라오스어 책을 빌렸다. '꺼-어' '터-어' '마-아', 이렇게 발음 공부를 하는데, 맙소사 라오스어는 중국어에도 4개밖에 없는 성조가 6개나 있었다. 게다가 바닥에 아무렇게나 붙어 있는 머리카락같이 생긴 라오스어 문자를 보니, 동글동글 꾸불꾸불 그게 그것처럼 다 비슷했다. 눈앞이 캄캄했다.

설상가상으로, 방에 들어가서 공부를 하려는데, 또다시 바닥에서 열기가 올라왔다. 옛날에 어느 책에서 '자기가 겨울이라고 생각하면 여름 땡볕도 매서운 바람으로 느껴지고, 자기가 여름이라고 생각하면 눈보라도 열대강수로 느껴진다'고 한 내용을 읽은 기억이 있다. 과연 그럴 수 있을까?

인류의 평화와 번영을 위해 해외봉사를 하러 가는 길은 쉽지 않았다. 얼음이라도 얼려서 끌어안고 자야 내일은 정신 차리고 수업을 들을 수 있을 것 같았다.

국내교육

자신이 행복하지 않음에도 남에게 친절할 수 있다면, 그것은 위선이다.

오늘은 봉사정신에 대한 워크숍 시간이 있었다. 오전 동안에는 봉사라는 것이 나에게 의미하는 바를 적어서 다른 단원들과 나누는 시간을 가졌다. 봉사에 대한 정의를 내리는 일은 어렵지 않았다. 나에게 봉사가 의미하는 바는 에너지, 교류, 연결, 회복, 신뢰 등이었다. 직장과 가족을 두고 해외봉사를 떠나는 나로서는 '변명'으로 들릴지 모르지만 '이렇게 살아서는 안 된다'는 절실함이 있었다. 물론 누군가는 배부른 사람의 투정으로 생각할지도 모른다. 하지만 나는 심각했다.

국내교육에서의 수업 과제

나는 뉴질랜드에서 사는 동안 미세먼지는커녕 보통 먼지도 걱정하지 않았고, 물도 수돗물을 마음 편하게 마셨다. 집 앞에만 나가면 한국의 달력에서나 보는 풍경이 펼쳐졌고, 집 뒷마당에 정원은 물론 작은 동산도 있었다. 또 국세청 공무원이었기 때문에 연봉도 많았고, 출퇴근 시간도 자유로웠으며, 정년보장에다가 완벽한 워라밸까지 가능했다. 한마디로 남들이 보기엔 완벽한 가정에 성공한 이민자의 삶이었다.

하지만 나 자신은 서서히 썩어가고 있었다. 차가운 물에 들어가서 놀다가 물이 서서히 끓어 자신이 삶아지고 있는지도 모르는 개구리 같았다. 일단 아무런 의욕이 없었고, 오후 4시에 일을 마쳐도 집에 가기 싫었고, 잠도 제대로 못 잤다. 식욕 또한 별로 없고, 뭐라도 조금 먹으면 바로 화장실에 가야 했다. 무엇보다 사람들에 대한 신뢰가 무너졌나. 늘 불안하고 외로웠으며, 아무것도 아닌 말에 상처를 받았다. 더러는 가만히 있어도 화가 났다. 이유는 많았다. 여러 가지가 얽히고설켜 탈출구를 찾기도 쉽지 않았다. 결국 '나 자신을 바꾸지 않고는 아무도, 아무것도 바뀌지 않겠다'는 생각이 들었다. 그래서 가족도 직장도 잠시 마음에서 접었다.

이기적으로 들리겠지만, 내가 먼저 행복해야 남을 행복하게 해줄 수 있는 법이다. 자신이 행복하지 않음에도 남에게 친절할 수 있다면 그것은 위선이라고 생각한다. 가까운 사람에게는 절대로 행복을 가장할 수 없으며 위선도 통하지 않는다. 그러기에 나는 내 결정을 후회하지 않는다.

봉사에 대한 사람들의 다양한 정의를 들으며 나는 생각했다. 누구나 다 어떤 절실함이 있어서 1년이나 집을 떠나, 가족을 떠나 처음 보는 사람을 도우러 떠난다고 말이다. 개인적인 경력관리를 위해, 아니면 더 이기적인 목적을 위해 떠나는 사람도 마찬가지다. 다 어느 정도의 절실함은 있었다. 그런 점에서 오늘 수업은 그동안 조금 이해가 힘들던 시니어 단원분들과 친해지는 계기가 됐다.
아울러 이러한 긍정적인 생각의 가장 큰 원인은 전날 밤 한 번도 깨지 않고 6시 정도까지 잔 덕분이다. 나름의 요령을 하나 배운 것이 주효했다.
추위를 견딜 수 없다는 룸메이트분 때문에 영상 32도의 한증막은 여전했지만, 그분 몰래 내 침대 옆에 있는 창문을 조금 열어놓았고, 이불도 걷고 잔 덕분에 땀이 흐를 정도로는 덥지 않았다. 온돌 온도를 조금이라도 조정하면 바로 32도로 재설정을 하시기 때문에 불가마 바닥은 어쩔 수 없더라도 창문을 조금 여는 것만으로 숙면을 취할 수 있었다.
사실 직장을 다닐 때도 평균 두 번은 깼고, 새벽 4시만 지나도 더는 잠을 잘 수가 없었다. 하지만 방법을 찾으니 길이 있었다. 역시 궁하면 통하는 법이다. 맞서 싸우거나 상대를 설득하기보다 내가 할 수 있는 최선의 방법을 찾은 것 같아 흐뭇한 하루였다. 조그만 일에도 감사하고 흥미를 느끼며 살아야겠다는 다짐도 했다.

뭔가 초등학교 일기 같지만, 어쩌면 인간이 더 좋은 인간이 되기 위한 배움이나 깨달음은 이미 초등학교 교육으로 충분한지도 모른다. 인성을 고칠 수 있는 것도 초등학교 때가 끝이라고 생각한다. 다르게 얘기할 사람도 있겠지만, 내 생각은 그렇다.

국내교육

스포츠 천재로 등극

오늘은 인근 마을의 운동회에 참가했다. 여느 행사와 마찬가지로 우선 내빈들의 소개가 이어졌다. 누가 이장이고 누가 도의회 의원인지 구분이 가지 않아 혼란스러운 가운데 노인회 회장님만은 확실히 기억할 수 있었다. 빨간 바지에 노란색 윗옷을 입고 있었기 때문이다. 다 알록달록했으면 눈에 띄지 않았겠지만 다들 검은색 양복을 입고 있었기에 우리 모두 노인회 회장님을 기억할 수 있었다. 차별화 전략이었다. 남의 선택을 먼저 예상한 후 의상을 고른 것인지, 원래 등산 가는 길에 들렀는지는 알 수 없는 노릇이었지만, 아무튼 확실히 눈길을 끄는 데는 성공했다.

오늘 진짜 중요한 일은 내가 스포츠 천재로 등극했다는 것이다. 화장실을 가느라 줄다리기에 빠졌더니 나에게 개인전 출전 기회가 주어졌다. 나는 그동안 헬스장에서 불려온 상체 근육과 10년간의 스쿼트로 다져진 하체를 풀기 시작했다. 야구의 투수나 축구선수도 마찬가지지만 경기 전 스트레칭이 가장 중요하다. 격렬하게 경쟁하는 경기에서 다치지 않으려면 근육을 이완시켜야 하는 것이다. 나는 모든 단원이 앉아서 보는 앞에서 격렬하게 몸을 풀었다. 마치 9회 말 만루의 위기 상황에서 나가는 구원투수와도 같은 모습이었다.

할아버지 뒤에 줄을 서고 내 차례가 되자 손을 들어 나의 등장을 알렸다. 할머니들이 발로 고무신을 '틱' 차서 내 발 앞에 밀어주셨다. 게임 방식은 단순했다. 흰색 고무신이든 검정 고무신이든, 오른쪽 왼쪽을 가리지 않고 발로 쏴서 빨간 김장바구니에 넣는 것이었다. 바구니는 컸다. 나는 고무신을 엄지발가락에 걸고 정신을 집중했다. 골인! 또 골인! 할머니들은 한 골도 못 넣고 다들 물러났지만, 나는 신들린 듯이 고무신을 김장바구니에 쑤셔넣었다. 내 주위에 있는 고무신들을 다 내가 김장바구니 안으로 집어넣었다. 우승, 종합우승! 오랜만에 맛보는 승리의 기쁨이었다.

국내교육

6.

노래라는 것은 세계 공통의 언어다.

한국전통문화교육 시간이 시작됐다. 코이카 해외봉사단원 파견교육에는 전통문화교육 시간이 있는데, 그 수업의 목적은 해외에 나가서 우리 전통 문화를 조금이나마 보여주는 데 있다. 수업은 선택할 수 있는데, 장구나 꽹과리를 배우는 전통악기 수업과 우리 전통민화를 그리는 그림 수업 그리고 판소리를 배우는 음악 수업으로 나뉘었다. 음악을 좋아하는 나는 판소리 수업을 선택했다. 전통악기 수업은 들어봤자 파견이 됐을 때 전통악기를 구할 수 없으면 현지 친구들에게 한국 전통문화를 보여줄 수 없고, 민화 역시 미술도구를 갖추지 못하면 보여주는 일이 불가능하리라 생각됐기 때문이다.

지역의 이름난 명창이자 음반까지 내신 선생님께 국내교육에서 음악수업을 받는 모습

판소리 수업 선생님은 지역의 이름난 명창이자 음반도 낸 프로 판소리꾼이셨다. 성격도 좋고 열정도 있어서 교육시간 내내 즐거웠다. 처음에 왜 판소리 수업을 선택했는지에 대한 자기소개 시간이 있었다.

"저는 전국노래자랑 출신입니다. 득음이랄까요? 더 높은 경지의 노래를 하고 싶어서 판소리 수업에 지원했습니다."

판소리를 그냥 맛보기로 배우는 시간에 임하는 출사표로는 다소 거창한 말이었지만, 사실 나는 노래에 열정이 있었다. 물론 본선 무대에 오르지 못해 TV에 나오지는 않았지만 나도 600여 명이 모인 전국노래자랑 예선 무대에서 당당히 실력을 뽐낸 몸이었다. 자기소개 시간에 트로트라도 한 곡 뽑아서 기선을 제압하려다가 참았다.
우리는 전국에 있는 다양한 종류의 아리랑을 연습했다. 나는 그렇게 많은 종류의 아리랑이 있다는 사실을 처음 알았고, 민요 특유의 떨림과 꺾기 창법에 관심이 생겨서 동료 단원들과 저녁에 같이 연습을 하기도 했다.

나는 노래가 사람과 사람을 이어주는 신기한 효능을 지니고 있다고 생각한다. 대화가 통하지 않는 사람들도 같이 노래를 부르며 화음을 맞추다 보면 어느새 같이 웃으며 공감을 하게 된다. 노래는 만국 공통의 언어다. 예전에 한국어를 전혀 못 하는 러시아 교포 그리고 중국 교포들과 함께 아리랑을 부른 기억이 있다. 노래라는 공통의 언어를 통해 같은 감정을 교환하며 하나가 되는 경험은 신비로웠다. 나는 라오스에 가서도 라오스 사람들과 함께 노래를 부르겠다고 생각했다. 교육원에서 배운 노래뿐 아니라 현지 사람들이 즐겨 부르는 노래도 배우면서 서로의 문화와 감정을 공유하리라 마음먹었다.

해외봉사의 1차적 목적은 선진 기술이나 학문을 전하는 일이다. 하지만 수혜국 사람들도 저마다 자신이 간직하고 믿고 있는 생활 방식이나 지혜가 있기 마련이다. 그러한 전통을 파괴하려는 것은 옳지 않다.
물론 조금 더 산업화된 국가에서 사는 사람들의 시각에서는 조금 덜 산업화된 국가 사람들의 작업 방식이나 생활 방식이 비효율적이고 답답해 보일 수 있다. 하지만 그 사람들이 그런 생활양식을 만든 데는 그만한 이유가 있을 테고, 그 나라 상황이나 그들의 성향에서는 그것이 최적의 방식일 수 있다.

더욱이 효율이 사람의 행복을 보장한다고 할 수도 없다. 효율적인 삶을 살아서 단시간에 좋은 직업을 갖고 효율적인 직장에서 효율적인 방식으로 일해 집을 사고 차를 사고 자산을 증식했지만, 삶 전체가 행복하지 않은 사람은 의외로 많다. 반면 세계 곳곳에는 빈부를 떠나 혹은 배움의 많고 적음을 떠나 여유와 행복을 가지고 사는 이들도 적지 않다. 나는 그것을 여행 등 여러 체험을 통해 배웠다.

그런 만큼 나는 서로의 삶의 방식을 교환하는 식으로 봉사활동을 수행할 계획을 짰다. 앞으로의 생활이 점점 기대됐다.

7.

쉬운 일을 여러 단계로 어렵게 하는 훈련

오늘 오후에 있었던 일부터 이야기하려고 한다. 오후에 있었던 일로 인해 오전에 있었던 일이 더 선명하게 보였기 때문이다. DISC(사람의 성격 유형을 알아보는 심리분석) 행동유형 평가를 했고, 'I/D 설득자형'이라는 분석결과를 얻었다. 사교형의 성격이며, 빠르지만 주도적인 성격도 강하다는 분석이었다.

우선 '낙천적'이고, '사람지향적'이라는 얘기는 맞는 듯했다. 사회적 인정에

의해 동기가 부여된다는 것도 수긍이 갔다. 나는 다른 사람들의 인정을 바라는 스타일이기 때문이다. 자아가 강하고, 압력을 받는 상황에서는 다른 사람의 견해나 감정들을 별로 고려하지 않는다는 단점도 딱 내 얘기였다. 특히 효율성을 따져 무슨 일이든지 최단시간에 최소한의 노력을 기울여 일의 결과를 보려고 하는 내 특성을 정확히 짚어냈다. 실제로 이런 성향으로 인해 다른 사람들과 더러 마찰을 빚기도 했지만, 그때마다 나름의 방법으로 해결책을 찾곤 했다. 오늘 오전에도 그랬다.

아침에 관용여권을 만들러 갔다. 일단 9시에 출발하기로 돼 있었는데, 버스기사 아저씨가 10여 분 늦게 왔다. 하지만 나는 그러려니 했다. 사실 직장을 그만둔 뒤 스트레스를 받을 이유가 별로 없었다. '오늘 뭘 해야 한다'는 등의 계획도 세우지 않고 하루를 보냈다. 교육원에서도 남들이 시키는 대로만 하면 된다고 생각했다. 따라서 그냥 마음 편히 책이나 읽으면서 버스를 기다리기로 했다.

이후 여권을 만드는 데 시간이 오래 걸렸고, 여권을 다 만든 뒤 버스기사 아저씨가 또다시 늦어 영월군청 정문 앞에서 10분 넘게 기다렸다. 불같이 화가 날 상황이었지만, 이미 스트레스를 잊었기 때문에 그냥 시니어 단원분들에게 스쿼트나 가르쳐 주면서 마음 편히 기다렸다. 그러고 나서 오후에 옷 입은 곰돌이를 고르는 수업을 받았는데, 나는 90%까지 스트레스가 차 올랐지만 스트레스를 해소하는 방법을 알고 있는 곰돌이 그림을 골랐다.

생각해 보면 나는 인간관계에서 스트레스를 잘 받는다. 그러나 노래방에서 노래를 부른다거나 근력운동을 한다든가 하는, 혼자서도 스트레스를 푸는 방법을 알고 있다. 그런 방법을 찾은 데는 스트레스 받기 쉬운 성격이라는 것을 인정하기 싫어하는 '자존심'도 작용했다.

강사님이 나 같은 성격의 사람에게 추천할 만한 훈련법을 알려줬다. '쉬운 일을 여러 단계로 어렵게 하는 훈련'이었다. 예를 들어 차를 마실 때도 쉽게 하지 말라고 했다. 보통은 뜨거운 물에 티백을 넣어 차를 만든다. 하지만 나 같은 사람은 티백 대신 찻잎을 집게로 집어서 넣고, 찻잔을 다소곳이 정리하고, 다시 찻잔을 들어 오른쪽으로 두 번 왼쪽으로 두 번 돌리기 같은 쓸데없는 격식을 차리고, 두 번 '후후' 불거나 찻잔에 든 물을 회오리가 나게 돌리는 등의 행위를 한 다음에 차를 마시라는 것이었다.

해외에 파견되면 혼자 있는 시간이 더 늘어날 수밖에 없다. 쉬운 일을 여러 단계로 하는 훈련! 생각을 깊게 하는 꽤 괜찮은 방법인 듯했다.

2.

혼자 있는 즐거움

오늘은 아주 기분 좋은 날이었다. 삶의 태도를 조금은 바꿔야겠다고 의미 있는 생각을 한 날이기도 했다.

일요일이라서 아무 일정이 없었으나 나는 군대의 훈련소를 생각하며 주말에도 조심스럽게 행동하려 했다. 물론 교육원 직원들은 우리를 감시하기보다는 우리의 편의를 위해서 머무른다는 느낌을 주었다. 직원들은 안팎으로 돌아다니는 교육생을 따라다니기보다는 교육원 화장실의 비누를 교체한다든가 강의실을 정비한다든가 하는 일들을 했다.

달콤한 사탕 같았던 국내교육 때의 휴식시간

모처럼의 일요일이었기에 나도 온종일 자유롭게 보내기로 하고 방을 나섰다. 먼저 교육원에 있는 자그만 헬스장에서 2시간가량 운동을 하고, 바로 옆방으로 옮겨서 노래방 기계를 켜고 혼자 열창을 시작했다. 저녁에는 교육생들이 몰리는 곳이지만 이른 오전이라 아무도 없어 넓은 방을 나만의 코인노래방처럼 사용했다. 처음에는 소리를 낮춰서 불렀지만 아무도 없다는 확신이 서자 애창곡들을 목청껏 내질렀다. 한참 소리를 내지르다 문득 뒤를 돌아보니 여자 교육생 둘이 서 있었다. 그들도 뻘쭘했는지 손을 흔들어 주고 '목소리가 청아하다'는 등 영혼 없는 칭찬을 해주었다. 나는 내가 좋아하는 곡을 하나 더 부르고 자리를 비켜주었다.

오후에는 친구들과 전화 통화를 하느라 정신없이 보냈다. 한 친구가 약속을 잊어 그 시간을 메우려고 다른 친구에게 전화를 했더니, 그 친구는 경찰서에 가는 길이었다. 다시 전화하기로 시간을 정하고 통화를 마쳤는데, 그 친구는 경찰서에 간 일이 빨리 끝났는지 10분도 채 지나지 않아 전화를 했다. 하지만 내가 라오스어 공부에 빠져 있는 통에 전화를 받지 못했다. 그러는 사이에 다른 친구와 전화통화를 하기로 약속한 시간이 돼 버렸고, 그 친구와 전화통화를 하는 동안 내 핸드폰 배터리는 10퍼센트도 남지 않았다. 이 때문에 불안하게 얘기를 나누다 보니 이 친구와도 제대로 된 통화를 하지 못한 채 대화가 끊겼다. 이어 다시 친구의 부탁으로 번역 작업을 세 개나 도와주고, 또 자습을 하러 간 교실에서 만난 동기교육생과 몇 마디 안 되는 대화연습을 하다 보니 벌써 저녁 먹을 시간이 돼 있었다. 그렇게 정신없이 하루가 갔다.

인류의 협동성이나 집단지성을 주장하는 학자들에게는 미안하지만, 나는 때로는 다른 사람과 얽히지 않으면 훨씬 더 많은 일을 훨씬 더 빨리해 낼 수 있다고 생각한다. 성과를 내기 위해서 다른 사람과의 대화나 그들의 지지가 필요할 때도 있지만, 혼자 운동을 하거나 산책을 하다 보면 보다 효율적인 방법이 떠오르는 것을 경험하곤 한다. 또한 혼자 조용히 산책을 하면 정신이 맑아질 뿐 아니라 건강도 좋아지는 것 같은 기분이 든다. 오늘 경험을 통해 앞으로 기회가 있으면 혼자 있는 시간을 늘리기로 다짐했다.

국내교육

9.

초심만 지키면 일의 목표를 이룰 수 있다.

어느덧 국내교육도 막바지에 다다랐다. 오늘은 조금 특별한 시간이 있었는데, 우리는 정규 수업을 마치고 마지막 시간에 대강의실에 모였다.

영월교육원의 밤은 참 조용하다. 저녁에 교육원 안을 걷다 보면 하늘을 밝혀주는 별들과 풀벌레 소리가 운치를 더한다. 거기에다가 아프리카나 몽골 등 특색 있는 이국적인 숙소의 모습까지 더해져 다른 세상에 와 있는 기분이 든다.

대강당에 들어가니 어두컴컴한 강의실에 테이블마다 촛불이 켜져 있었다. 이제 곧 외국으로 홀로 떠나게 되는데, 지금 어떤 마음가짐을 가지고 해외봉사를 준비하고 있는지 6개월이 지난 후의 자신에게 편지를 쓰는 시간을 가진다고 했다.

나는 외국에서 오래 살았다. 그런 까닭에 장기 해외봉사를 떠올릴 때, 한국에서만 살았던 다른 사람들에 비해 불안이나 설렘 같은 게 덜할 것으로 생각해 왔다. 하지만 곰곰 생각해 보면 내가 살았던 나라들은 다 선진국들로 불편한 것이 없었다. 하지만 기본적인 생활마저 불편할 수 있는 곳에서 1년을 보낼 때 어떤 상황이 닥칠지는 상상도 해보지 못했다. 동남아시아나 인도 같은 곳에 가 보긴 했지만, 체류가 가장 길었던 게 3개월 안팎이었다. 게다가 그때는 어디까지나 여행자 신분이었다.

해외봉사를 떠나면 현지 사람들과 함께 일하며, 현지인들이 사는 곳에 숙소를 구해 그들과 같이 생활하게 된다. 여행자라는 이방인에게 주어지는 예외가 인정되지 않는다는 말이다.

나는 어떤 일이든 초심만 지키면 그 일의 목표를 이룰 수 있다고 생각한다. 그래서 나는 우선 편지에 내가 어떤 마음으로 안정적인 직장과 연수입을 포기하고 장기 해외봉사를 선택하게 됐는지부터 썼다. 6개월 후에 힘든 일이 닥쳐서 혹시나 지금의 선택을 후회하고 있을지도 모를 미래의 나에게 충고도 했다.

"자신이 선택한 것은 언제나 옳다. 다만 그것을 판단하는 시점에 따라 옳고 그릇이 갈릴 뿐이다. 혹시 지금 네가 내린 결정이 후회되고 그르다고 생각될지 몰라도 시간이 더 흘러 디시 판단할 때가 오면 절대로 후회하지 않을 것이다. 너는 지금까지 남들이 내려준 결정에 너 자신을 맞추고 살았다. 그런 인생에서 처음으로 너 스스로가 내린 결정에 따라 지금 그 자리에서 그렇게 살아가고 있는 것이다. 네가 직접 내린 결정은 언제나 옳다."

10.

현지어는 어려워

코이카 국내교육에서 현지어 공부가 차지하는 비중은 크다. 수료조건을 채우기 위한 점수에서도 현지어 성적의 비중이 커서 현지어를 포기한다면 수료가 불가능할 정도다. 당연한 일이다. 현지에 가서 봉사활동을 하려면 커뮤니케이션이 필수이고, 현지어가 잘 통하면 잘 통할수록 서로 만족도가 높을 수밖에 없으니 말이다.

내가 파견을 가는 라오스는 라오스어라는 독자적인 언어를 사용한다. 우리의 수업을 맡아주신 분은 한국외국어대학교에서 박사과정에 있는 라오스인 수리냐 선생님이셨다. 선생님은 수업이 있는 날 서울에서 영월교육원까지 오셨다가 수업이 끝나면 다시 서울로 올라가셨다.
선생님의 말에 따르면 라오스어는 타이어와 비슷해서 라오스어를 쓰는 사람과 타이어를 쓰는 사람은 80% 정도 의사소통이 가능하다고 했다. 태국 북부 지방인 치앙마이 같은 곳에서 쓰는 방언은 거의 라오스어와 흡사하다고도 했다. 태국에 비해서 작은 나라인 라오스 사람들이 태국의 TV방송을 많이 봐 이런 현상이 더 심화됐다고 한다.

라오스는 한 번도 가보지 못했지만 태국 특유의 침착하고 진설한 문회를 좋아하는 나에게는 좋은 자극이 됐다. 라오스어를 배우면 태국 사람들과 간단하게나마 의사소통을 할 수 있겠다는 생각이 들었기 때문이다.

동기들과의 라오스어 수업 중 모여서 한 컷

라오스로 파견되는 138기 우리 여덟 명은 정말 열심히 공부했다. 하루의 일정이 끝난 뒤에는 강의실에 모여서 자습을 했으며, 서로 만나면 짧은 라오스어를 쓰기도 했다. 특히 정년퇴직하고 오신 시니어 단원들이 더 열심이셨다. 정말 나이는 숫자에 불과하다는 말이 실감 날 만큼, 상대적으로 어린 우리보다 더 오랫동안 공부하시고 더 열심히 공부하셨다. 우리 라오스팀에는 두 분의 시니어 단원이 계셨는데, 한 분은 거의 매일 자습실에서 공부하셨고, 나머지 한 분은 안 보인다 싶으면 1층에서 걸어 다니면서 라오스어 단어가 빽빽이 적힌 수첩을 들고 공부를 하고 계셨다.

우리 여덟 명 중에는 대학생도 있었지만 대부분은 직장생활을 하다가 봉사활동을 떠나는 경우로, 무언가를 배운다는 것이 오랜만이었다. 언젠가 '젊음을 유지하는 최대의 비결은 무언가 계속 새로운 것을 배우는 일'이라는 글을 읽은 적이 있다. '코이카 봉사단원으로 떠나는 시니어 단원들이 나이에 비해 젊음을 유지하는 것에는 다 이유가 있구나' 하고 생각했다. 나도 60세가 넘어서도 지금의 열정과 에너지를 유지할 수 있기를 은근히 기대해 봤다.

국내교육

11.

출발일 변경

여기까지 국내교육은 완벽했다. 나는 솔직히 국내교육 입소 전에 살짝 걱정이 들었다. 5주간의 합숙 국내교육은 나에게 군대의 훈련소를 떠올리게 만들었다. 5주는 군대에 입대할 때 훈련소 기간과 정확히 일치한다. 그리고 영월이라는 시골에서 교육을 받게 된다는 사실 또한 군대에 입대한 후 접한 훈련소를 연상시키기에 충분했다. 그리고 그 기간 중 밖으로 못 나온다는 사실 역시 무언가 불안한 마음이 들게 했다.

나는 대학 졸업 후 외국에서 계속 살아갈 생각이었다. 하지만 부모님의 신념도 있고, 나 자신도 그동안 대한민국 국민으로서 받은 특혜를 갚는다는 측면에서 군대를 마치고 취업하기로 결심했다. 대학을 졸업하고 장교로 입대한 나는 5주가 아니라 거의 석 달을 훈련소에서 보냈다. 그럼에도 교육원 입소를 얼마 앞두고부터 서서히 불안해지기 시작했다. 악몽을 꾼 적도 있다. 꿈속에서 나는 다시 진주 공군 장교교육대대의 침대에 누워 있었다. 정확히 오전 6시, 발걸음 소리에 깨어서 후다닥 준비하고 하루 종일 바닥을 구르던 생각이 쫘악 떠오르면서 식은땀까지 흘렸다.
하지만 '코이카 훈련소'는 군대와는 비교가 되지 않을 만큼 달랐고, 나는 5주 동안 정말 행복한 시간을 보냈다. 처음에는 3인 1실을 쓰는 것이 좀 적응이 안 되고 잠을 자거나 생활하는 데 불편한 점도 많았지만, 그것도 곧 적응이 돼 잠도 잘 자고 밥도 잘 먹었다. 군대 훈련소와 비교했을 때 단점은 없고 장점은 있는 그런 훈련 기간이었다. 육체적으로 힘들거나 여유가 없어서 살이 빠지기는커녕 육체적으로 너무 편하고 밥과 간식들을 잘 먹어서 통통하게 살이 쪘다. 또 초겨울 기수였음에도 아주 따뜻하게 지냈다. 그뿐 아니다. 합숙생활에서 인생에 남길 친구가 생겼던 군대처럼 아주 친한 친구들도 많이 생겼다. 특히 해외봉사를 선택해 훈련소에 입소한 사람들인 만큼 공동 관심사를 가졌고 이야기가 잘 통해서 매일 밤마다 이야기꽃을 피웠다.

이처럼 완벽했던 국내교육 마지막에 힘든 일이 생겼는데, 우리 라오스팀의 출국 날짜가 앞당겨진 것이다. 우리는 국내교육이 끝나고 바로 다음 주에 라오스로 출국하게 됐다. 이게 처음부터 그렇게 정해졌던 일이라면 수긍하겠지만, 중간에 출국 날짜가 바뀌고 마지막에도 또다시 출국 날짜가 앞당겨진 것이라 곤란한 일이 생기고 말았다.

오랫동안 외국에서 살았던 나는 외국에 친구가 많다. 그중 가장 친한 친구가 멀리 유럽에서 한국에 나를 보러 오기로 돼 있었다. 친구는 어렵게 2주간의 휴가를 얻어서 나를 보러 오는 것인데, 출국 날짜가 변경되는 바람에 1주일을 혼자 한국에서 머물게 돼 버렸다. 친구는 예상대로 엄청 짜증을 냈다. 앞으로 1년 동안 못 만나게 될 터이니 짜증이 날 만했다.

코이카 장기 해외 봉사활동은 1년과 2년으로 나뉘는데, 1년 봉사단원은 해외여행이 원천적으로 봉쇄돼 있다. 즉 라오스에 11월에 들어가면 다음 해 11월까지 라오스를 떠나지 못하는 것이다. 한국에서는 라오스가 가까울 뿐 아니라 유명한 관광지가 돼서 항공편도 많지만 다른 나라에서는 가기가 상당히 까다롭다. 그런 연유로 내가 봉사활동을 떠나기 전에 친구가 보러 오는 것인데, 갑자기 출국 날짜가 앞당겨지는 바람에 친구 혼자 한국에서 1주일을 머무르게 됐다.

나는 미안한 마음에 출국 일자를 조정해 보려 했다. 한 3~4일이라도 늦게 출발할 수 없겠냐는 내 요청에 불가능하다는 답변이 돌아왔다. 라오스에 도착하자마자 현지적응교육 일정이 잡혀 있다는 것이 이유였다. 우리의 출국 날짜는 11월 23일로 토요일이었다. 따라서 토요일이나 일요일에는 교육이 없을 테니까 월요일에 혼자 가면 안 되겠냐는 질의에도 답변은 '불가하다'였다. 개인적으로 이동하다 무슨 사고라도 생기면 어쩌나 하고 조심하는 듯했다. 그런 연유로 나는 예정대로 11월 23일에 출국했다. 한국어를 한마디도 못 하는 친구를 한국에 남겨두고 떠나는 마음이 좀 불편했으나 그렇다고 봉사활동 전체를 포기할 수는 없었다.

출국장에는 이른 아침부터 코이카 영월교육원의 직원들까지 나와서 우리를 환송해 주었다. 우리는 사진을 찍고 출국장 안으로 들어갔다. 앞으로 8주 동안의 현지적응교육 동안 어떤 일이 벌어질까, 그리고 1년 동안 라오스에서 어떤 생활이 펼쳐질까 하는 궁금증이 스멀스멀 일기 시작했다.

라오스 출국 날에 출국장 앞에서 기념 사진 한 컷

Chapter. 2

현지적응교육

라오스에서의 생활은 왠지 지금까지 실내에 갇혀 있던
생활에서 좀 벗어나 야외생활이 많아질 것 같은 느낌이 든다.

햇살은 한국보다 훨씬 따갑지만
나쁘지 않은 기분이다.

현지적응교육

1.

도착 그리고 새로운 시작

비행기에서 우리는 소풍을 가는 유치원생들처럼 재잘거렸다. 국내교육 때 벌써 많이 친해진 동기단원들은 한껏 신이 나 있었다. 비행은 순조로웠다. 기내식을 먹고 배까지 빵빵해진 우리는 앞으로 펼쳐질 라오스 생활에 대해서 기대에 부풀어 있었다. 이것도 하고 싶고, 저것도 하고 싶은 우리는 앞으로의 생활에 대해 많은 이야기를 나눴다.

사실 기대가 크면 실망도 큰 법이라고, 나는 앞으로 있을 일에 대해서 기대를 크게 하지 않는 편이다. 하지만 처음 해외봉사를 떠나는 것이고, 벌써 친해진 동기들과 함께 생활한다는 생각에 재미있는 일이 많이 벌어질 것 같은 예감이 들었다.

라오스에 도착한 첫날 일정은 모든 것이 매끄러웠다. 우리의 생활편의를 담당할 코디네이터님이 공항에 마중을 나와 계셨다. 입국장으로 나오자마자 우리 단원들 한 명 한 명의 목에 주황색 꽃을 걸어주셨다. 우리는 무슨 단체관광을 온 것 같은 여행객의 모습으로 죽 서서 사진을 찍었다. 몇 명이 우쿨렐레만 들었으면 하와이에 단체관광을 온 사람들처럼 보였을 듯싶다. 나는 아무런 준비 없이 비엔티안 공항에 도착했다. 비엔티안은 라오스의 수도다. 시니어 선생님들은 준비성 있게 현지화폐를 준비하셨지만, 그저 신이 난 나는 아무런 준비가 돼 있지 않았다. 그런 나 같은 사람들을 위해서 도착하자마자 현지화폐로 생활비를 준비해 주셨다. 그동안의 경험이 쌓여서 하는 당연한 일이겠지만 당장 현지에서 물이라도 사 먹어야 하는 우리에게는 큰 안도감을 주었다.

해외교육 입소 첫 날 숙소로 들어가며

숙소는 깨끗했다. 전체적으로 하얀색의 느낌이 드는 빌딩이었다. 1층부터 4층까지 방들이 들어차 있었는데, 방이라기보다는 아파트의 개념이었다. 방 2개와 거실 그리고 화장실이 있었다. 우리 라오스팀은 여자 5명과 남자 3명으로 구성돼 있었기 때문에 방 배치가 좀 애매했다. 그래서 결국 여자 두 명과 또 다른 두 명이 짝을 이루고 나머지 한 명은 혼자 배치됐다. 남자들도 나와 다른 남자 단원 한 분이 같이 생활하고 나머지 한 분은 혼자 생활하게 됐다. 같이 생활한다고 해도 방이 따로 배정돼 있어 불편하지는 않을 것 같았다. 주방과 거실만 같이 사용하면 됐다. 함께 생활하게 된 시니어 선생님은 정년퇴직하신 분으로 나이가 내 아버지뻘인데도 말이 잘 통하고, 생각이 열려 있어서 불편함이 없을 것 같았다.

방에 짐을 풀어놓고 거실에 나와 앉아 있었다. TV를 틀었는데, 온통 라오스말뿐이었다. 그때까지 현지에 계신 코디네이터분의 안내를 받아 동료 단원들과 함께 한국말만 쓰다가 라오스 TV를 보니 비로소 내가 라오스에 와 있다는 사실이 실감 났다.

현지적응교육

2

라오스 수도 비엔티안의 주거환경

숙소를 나와서 마을을 한 바퀴 돌았다. '여기가 정말 한 나라의 수도가 맞나' 하는 생각이 들 정도로 한산했다. 내가 처음 받은 라오스의 인상은 하얀색과 아이보리색으로 기억된다. 거리를 뛰어다니는 아이들과 덩달아 신이 난 개들이 여기에 추가된다. 어른들은 오토바이를 타고 돌아다니고, 빨래며 음식조리며 생활의 많은 부분이 야외에서 진행된다.

생각해 보면 한국 사람들은 항상 바쁘게 돌아다니는 것 같지만 실내에서

숙소 주위의 모습. 한산한 모습이 인상 깊다.

거의 모든 활동이 이루어진다. 낮에 사람을 만나도 식당 안에서 밥을 먹고, 바로 커피숍으로 자리를 옮겨 이야기를 나눈다. 직장에서도 당연히 사방이 막힌 사무실에 앉아서 업무를 본다. 바깥에 나올 경우는 점심시간이라든가, 담배를 피우는 사람이 흡연 장소를 찾을 때 정도다. 저녁에 친구를 만나도 술집이나 커피숍 등 실내공간에서 모인다. 학생들이라고 다르지 않다. 항상 실내에서 교과서나 문제집과 씨름하고, 친구를 만나도 패스트푸드 식당이나 어둡고 꽉 막힌 노래방 아니면 게임방 정도다.

문득 '우리가 언제부터 이렇게 실내 생활을 많이 하게 됐을까' 하고 생각해 봤다. 내가 어렸을 적만 해도 밖에서 뛰어놀던 시간이 많았는데, 요즘 아이들은 밖에서 무언가를 한 기억을 가지지 못하고 어른이 될 것 같다. 항상 어떤 공간 안에서 무언가를 하는 아이들이 커서도 다시 사각형 공간에 갇혀서 무언가를 할 듯하다.

라오스 학교의 일상 풍경

하지만 라오스에서의 생활은 왠지 지금까지 실내에 갇혀 있던 생활에서 좀 벗어나 야외생활이 많아질 것 같은 느낌이 든다. 햇살은 한국보다 훨씬 따갑지만 나쁘지 않은 기분이다.

현지적응교육

남을 용서하고 자기의 잘못까지 용서해 버리는 연습

라오스에서의 시간은 얼핏 천천히 흐르는 듯하지만, 지나고 나면 빠르다. 시간은 원래 그런 것인지도 모른다. 숙소를 배정받은 것이 11월 23일 토요일인데, 지금이 벌써 27일 수요일이다. 월요일부터 시작된 코이카 현지교육은 안전과 생활에 관한 교육으로 이루어졌다. 3일 차로 접어든 오늘, 드디어 라오스어 교육이 시작된다. 국내에서 배웠던 라오스어가 1주일 한국에서 쉬는 동안 완전히 리셋되고 처음부터 다시 시작하는 기분이다.

현지에서 생활한다고는 하지만 동기단원들과 대부분의 시간을 같이 보내기 때문에 한국에서 단체여행을 온 듯한 느낌이 든다. 옆에 누가 있다는 것은 의지도 되고 마음이 풍성해지거나 쓸데없는 작은 일에 일희일비하지 않는 좋은 점도 있지만, 그에 따른 불편함이나 인간관계에서 오는 쓸데없는 걱정과 짜증이 생겨나기도 한다. 서로의 거리를 좁히거나 늘리는 조절이 필요할 것 같다.

라오스의 아침은 닭의 울음소리와 함께 시작한다. 차들의 요란한 소음이 시작되기 전 닭들이 먼저 하루를 여는 느낌이다. 낮에는 땡볕이 내리쬐지만 그리 덥지는 않다. 몇 년간 라오스에 살아본 사람들이 하는 말로는 한 해 건기가 더우면 다음 해 건기는 시원하다는데, 이번 건기는 시원하다고 한다. 4월부터 본격적으로 무더위가 찾아온다고 하니 지금의 계절을 즐겨야겠다.

이번 주 토요일에는 빠투사이 공원에 가서 한국문화 알리기 활동을 진행할 예정이다. 그에 맞춰 한국에서 한국전통문화선물이 도착했다. 라오스에서는 우편물을 받는 데도 요금을 내는 모양이었다. 7만 낍(약 9800원)을 지불했는데, 소포 하나에 3만 낍(약 4200원)씩 두 개의 전표와 1만 낍(약 1400원)의 심부름 요금이 청구됐다.
그런데 돈을 주고 나서 전표를 보니 내 이름과 함께 다른 사람의 이름도 있었다. 문득 '혹시 내가 다른 사람의 소포에 대한 요금을 지불한 것은 아닌가' 하는 생각이 들었다. 하지만 이내 이런 의심은 쓸데없는 것이라며 고개를 저었다. 따질 것이 있다면 돈을 지불하기 전에 전표를 보고 이의제기를 했어야 했다. 이미 돈을 지불한 이상 돌이킬 수는 없는 노릇이었다. 그리고 누군가를 위해서 돈을 지불했으면 그 또한 좋은 일이 아니겠는가 하고 마음먹으니 속이 편했다.

라오스 사람들은 '버뻰냥', 즉 '괜찮다'라는 말을 빈번하게 쓴다고 한다. 물건을 잃어버리거나 사고가 나도, 심지어 자기가 사고를 내놓고도 이 괜찮다는 말을 쓴다고 한다. 이곳에서는 남을 용서하고 자기의 잘못까지 용서해 버리는 '습관'을 연습해 둘 필요가 있겠다는 생각이 들었다.

현지적응교육

4

LG는 중국 회사다. 맞을까요? 틀릴까요?

휴일을 맞아 한국문화 알리기를 나갔다. 나는 태권도 도복을 입고 도와주는 친구는 한복을 입었는데, 결과는 그다지 성공적이지 못했다. 라오스 사람들은 우리에게 관심이 많았지만, 문제는 거리에 사람들이 너무 없었다는 점이다. 날씨가 더워서인데, '걸어 다니는 것은 외국인 관광객과 개들뿐'이라더니 과연 그 말이 맞았다.

우리는 그 날씨에 땀으로 한 번 목욕을 해 보자는 식으로 한복과 태권도 도복으로 몸을 둘둘 감았으니 사람들의 눈길을 끌 만했다. 그러나 사람들보다 개를 훨씬 더 많이 만났다. 다만 우리가 접촉한 라오스 사람들은 모두가 부끄러움을 많이 타고 순수했다.

한국 알리기 퀴즈를 통해 라오스 사람들과 소통하다.

우리는 한국과 관련한 간단한 퀴즈를 내고 선물을 주는 이벤트를 벌였다. 그 과정에서 우리가 놀란 사실은 라오스 사람들이 한국에 대해서 정말 모른다는 것이었다. 우리가 중점적으로 낸 퀴즈는 다음의 세 가지였다.

1. BTS는 일본 밴드다. 맞을까요? 틀릴까요?
2. LG는 중국 회사다. 맞을까요? 틀릴까요?
3. 모든 김치는 빨간색이다.

솔직히 세 번째 문제는 어려울 것으로 예상했다. 그러나 첫 번째 문제와 두 번째 문제까지 사람들이 틀릴 줄은 예상도 못 했다. 첫 번째 문제는 어린 여성 현지인들을 제외하고는 거의 다 틀렸으며, 두 번째 문제는 남녀노소를 막론하고 누구나 중국 회사가 맞는다고 했다. LG가 중국 회사라니, 어이쿠야. 세 번째 문제 역시 한국 슈퍼마켓에서 일하는 남자 직원을 제외하고는 전원 오답을 기록해 하마터면 100퍼센트 오답률의 문제가 될 뻔했다. 우리는 사람들이 답을 맞힐 때까지 인내심을 가지고 문제를 냈고, 결국은 퀴즈에 참가한 전원에게 한국 전통 기념품을 선물했다.

하루 동안 길거리를 돌아다니며 절실히 깨달은 것은 라오스 사람들이 한국에 대해서 너무 모른다는 사실이었다. 이는 1년 동안 코이카 봉사단원으로서 임지에 있는 사람들만이 아니라 주변에 있는 라오스 현지인들에게도 한국을 알리는 일을 진행해야겠다는 다짐을 하게 된 계기가 됐다. 또 라오스 현지인들은 부끄러움을 많이 타고, 작은 선물도 안 받으려고 하는 등 좀 소극적인 성격을 가지고 있었다. 따라서 '내가 조금 더 적극적으로 다가가야 친구가 되겠구나' 하는 생각도 하게 됐다. 앞으로 기회가 되면 좀 더 적극적으로 한국을 소개하는 시간을 갖고, 라오스 문화도 더 열심히 배워 볼 요량이다.

한국 알리기 이벤트 모습 :
라오스 사람들의 한국 이해도는 생각보다 낮았다.

현지적응교육

무엇을 성취하는 것보다 그것을 지키는 것이 훨씬 힘들다.

오늘은 라오스 전통의상을 입고 사진을 찍었다. 마음에 내키지 않는 일이었지만, '어쩔 수 없지' 하고 4시경에 학원을 나섰다. 선생님도 지치고 사진을 찍는 우리도 지치고 아무 말 잔치가 벌어지고 역시나 좋은 경험은 아니었다. 나는 언제부터인가 옷에 대한 관심을 접었다. 예전에는 그렇지 않았다. 1주일에 한 번은 쇼핑을 하면서 스트레스를 풀곤 했다. 옷도 많았고, 사람들에게 관심받는 것도 좋아했고, 무엇보다도 다른 사람들보다 좋은 옷을 입고 좋게 보이고 싶었다.

그러나 지금은 희한하게 그런 욕구가 많이 줄어들었다. 쉽게 설명하자면 나이가 들어서이기 때문일 텐데, 반드시 그런 것만은 아닐 것이다. 내 주변만 하더라도 나이를 먹었지만 아직 남들의 시선을 신경 쓰는 사람이 적지 않다.

나는 나이가 들어가는 게 싫지 않다. 가끔은 주변 사람들이 내 나이에 부담스러워하는 모습이 의아해질 때도 있다. '내가 그렇게 늙었나?' 뭐 이런 생각을 하는 것이다. 나는 한국 나이로 39세인데, 사람들은 이제 거의 40대 취급을 한다. 나도 한때는 40이 되면 아저씨가 되고 죽을 때가 다 돼 가는 것이라고 생각한 적이 있었다. 내가 아버지라는 아저씨의 모습을 기억하는 것이 아버지가 40세 즈음이었다. 그때의 40대 아저씨들은 술 먹고, 냄새나고, 수염을 기르고, 뭔가 쿨하지 못한, 그야말로 인생이 이제 막바지에 접어드는 남자들의 모습이었다. 하지만 이제 내가 그 나이에 가까워지고 보니 그런 아저씨에 대한 나쁜 생각을 하지 않게 됐다. 그게 남들이 나를 바라보는 모습이라고 생각하니 나쁘게 생각하지 않게 된 것일 수도 있다. 아무튼 20대들이 나를 아저씨 취급할 때면 가끔 의아해진다. '내가 벌써 아저씨인가?' 하고 말이다. 물론 '아, 나도 아저씨구나. 그렇구나. 나 아저씨지' 하는 마음도 없지는 않다.

뒤돌아보면 나는 어렸을 때는 마냥 행복했고, 10대 때는 인생이 힘들다고 생각했으며, 20대가 되자 인생이 아주 재미있어졌다. 하지만 그것도 잠시, 30대가 되면서 여러 가지 하기 싫은 일을 하면서 인생에 끌려다녔다. 그러다가 37세로 넘어가는 시점에서 그동안 잃어버릴까 봐 조마조마해하던 일들을 나 스스로 내려놓으면서 다시 행복해질 수 있었다.

지금은 아주 행복하다. 가진 것이 하나도 없는 게 이렇게 홀가분한 기분일 줄은 정말 몰랐다. 지금 생활비로 받는 50만 원 조금 넘는 돈으로 한 달을 생활하는 것이 이렇게 깔끔하고 상큼할 줄은 상상도 해 본 적이 없다.

무언가를 지키는 것이 무언가를 얻는 일보다 훨씬 힘들다는 얘기가 있다. 맞는 소리다. 나도 예전에는 무언가를 성취하는 것이 제일 어렵다고 생각했다. 하지만 37년을 살면서 깨달은 사실은 어떤 것을 성취하는 일보다 그것을 지키는 게 훨씬 힘들다는 점이다. 그것을 잃어버릴까 봐 평상심을 지키지 못하는 것이 첫째 이유요, 집착하는 것이 둘째 이유다. 여기에 어떤 것을 이루기 위해서 몰두하는 집중력을 잃어버려 관심이 흩어지는 것이 셋째 이유이고, 일상에 젖어서 가지고 있는 것의 고마움을 모르고 느슨해지는 것이 마지막 이유다.

나는 30세부터 37세까지 야성을 잃어버리고 살았다. 그래서 이제부터라도 야성을 지키며 살기로 마음먹었다. 작은 목표라도 세우고 그것을 쟁취하기 위해서 살기로 했다. 그러려면 가지고 있던 것을 버리는 일부터 시작해야 했다. 지금 내가 가진 것을 포기해 새로운 목표를 세우고, 그것을 얻기 위해 노력하는 삶을 살기로 했다.
나에게는 지금이 좋은 기회다. 가진 것이 없고, 하루 1만 원으로 생활하는 해외자원봉사단원이니까 말이다. 이제 무엇이든 채울 수 있다.

현지적응교육

어차피 내 인생에서 중요한 사람들과 같이 보낼 시간도 부족하다.

임지 사전조사를 왔다. 루앙프라방이라는 곳이다. 관광지인 까닭에 도시 중심을 돌아다니는 사람의 절반이 외국인이었다. 여기서 나는 더 이상 관심을 끄는 외국인이 아니라 관광객 가운데 한 사람으로 살아갈 수 있을 것 같다. 내가 외국인으로서 받는 시선을 의식하는 것은 아니다. 다만 다른 사람으로부터 부당한 대접을 받고 난 후에 그런 관심을 받는 것은 기분이 나쁠 듯하다. 따라서 새로운 곳에서의 생활이 조금 더 나을 것 같다.

숙소도 나쁘지 않았다. 다만 한 가지 예상치 못한 선택의 문제가 있었다. 방을 고르라고 해서 좀 찜찜했지만 1층의 방을 선택했다. 아니나 다를까, 내 방 앞에서 매일 새벽부터 태국 아주머니들이 진을 치고 떠들었고, 일본 할머니 한 분은 내 방 앞에서 담배를 피워댔다. 1주일이라는 짧은 기간이었지만, 역시 다른 사람과 같이 지내는 일은 쉽지 않다는 생각이 들었다.

다른 사람의 행동에 내 생활이 영향을 받는 것은 정말 귀찮은 일이다. 혼자 살면 이런 일이 없겠지만, 이는 불가능한 일이다. 따라서 타인을 용서하는 법을 배우는 것이 상책이다.

임지 사전조사에 나서며

현지적응교육

7.

학원에서의 운동

라오스에 파견되면 처음에는 수도에서 현지적응교육을 받게 된다. 다른 단원들은 현지 음식이나 현지 기후에 적응할지를 걱정했는데, 내 걱정은 단 한 가지였다. 과연 현지적응교육 기간 동안 어떤 식으로 운동을 해서 건강한 몸을 유지할지였다. 사실 나는 시간이 날 때마다 운동이나 독서로 소일을 하는, 다른 사람들이 봤을 때는 엄청나게 심심한 타입이다.

다행히 독서 문제는 쉽게 해결됐다. 코이카 라오스 사무소에 작은 도서관이 갖춰져 있었기 때문이다. 단원들은 자유롭게 도서를 대출할 수 있었고,

고전문학부터 다양한 방면의 최신 비문학과 사회 서적 그리고 자연과학 서적까지 폭넓게 비치돼 있었다. 하지만 역시 문제는 운동이었다.

학원에서 선생님과 함께 가볍게 운동을 하고 있는 단원의 모습

한국처럼 동네마다 헬스장이 있는 것도 아니고, 현지에는 오토바이가 많이 돌아다녀서 조깅을 하는 것도 그리 안전하지 못했다. 그래서 학원이나 숙소에서 시간이 날 때마다 팔굽혀펴기를 하거나 스쿼트를 했는데, 이것도 그리 여의치 못했다. 일정이 빠듯한 탓이었다.

현지적응교육 기간에는 생각보다 자유시간이 없었다. 또 우리 숙소는 학원에서 차로 30분 이상 떨어진 곳에 있었다. 라오스 수도 비엔티안도 아침에는 교통체증이 심해 통근시간이 생각보다 많이 걸렸다. 학원에서 아침부터 오후 늦게까지 공부를 하고 집에 오면 배가 고파 허겁지겁 식사를 챙겨 먹기에 바빴다. 학원에서 내준 숙제를 조금 끼적이다 보면 벌써 날이 어두워지곤 했다. 처음에 가진 현지적응교육에 대한 환상과 조금 다르게 정말 현지어 공부에 몰두했다. 현지어 실력이 조금만 있어도 1년간의 생활이 확 달라진다는 다른 봉사단원 선배들의 말을 들었기 때문이다. 그도 그럴 것이 한국에서 살아가는 외국인도 한국어를 한다면 생활반경이나 할 수 있는 일들이 훨씬 늘어날 것이 분명하다.

나는 그것을 경험으로 알고 있었다. 내가 뉴질랜드에서 생활할 때 영어를 잘 못 하는 한국인들은 아주 좁은 구역에서 살아가며 현지인과 어울리지도 못하고 제대로 생활할 수 없었다. 제대로 된 직업을 찾을 수도 없었으며, 생활권 역시 한국말이 통하는 코리아타운 근처만 왔다 갔다 했다.
아직 내 라오스어 실력은 형편없다. 슈퍼마켓에 가서 계란을 사는 데도 손가락질을 하기 일쑤다. 현지생활에 더욱 잘 적응하기 위해서는 라오스어 공부를 더 열심히 하는 길밖에는 없다.

8.

동기들과 보내는 즐거운 시간 - 영어공부

현지적응교육은 생각보다 빡빡하게 돌아가서 월요일부터 금요일까지는 정말 정신없이 지나갔다. 아침에 일어나 식사를 마치고 어학원에 다녀오면 벌써 해가 져 있었다. 동기들과 함께 저녁식사를 하거나 차 한잔 마시는 여유는 있지만, 다른 일을 할 시간은 없었다. 라오스 사무소 현지 규성상 숙소에서는 음주가 금지돼 있었기 때문에 함께 술을 마실 기회도 없었다.

단원들 가운데 영어 말하기 공부를 하고 싶다는 분들이 몇 명 있어서 나는 재능기부로 매주 금요일 저녁마다 영어를 가르쳐 주기로 했다. 뉴질랜드 국세청에 있을 때 토스트마스터스 활동을 한 경험이 있어 이 형식으로 영어를 가르쳐 주려고 했는데, 단원들은 너무 어렵다는 반응을 보였다. 그도 그럴 것이 토스트마스터스는 원어민에게 영어로 말하는 능력을 길러주는 프로그램으로, 나는 나만 생각하고 수업을 받는 학생들의 수준이나 지금까지의 학습경험을 고려하지 않았던 것이다. 그들은 10분씩 영어로 발표하는 것도 어려워했고, 발표 내용을 서로 비평하거나 조언해 주는 것도 힘들어했다. 새로운 단어를 익히는 것도 그 언어를 완벽하게 구사하고 있는 상태와는 달라 시간이 많이 걸렸고, 즉흥적인 스피치는 비원어민들에게 거의 불가능에 가까웠다.

곧 라오스 루앙프라방 교육대학에 파견돼 가르치는 일을 하게 될 나는 이 일을 통해 내가 가지고 있는 지식을 얼마나 많이 전달하느냐보다 지식을 전달받는 사람들이 얼마나 많은 지식을 흡수하게 만드느냐가 중요하다는 사실을 깨달았다.

라오스 현지에서 같이 영어 말하기 수업을 진행하며

동기들과 보내는 즐거운 시간 - 노래시간

동기단원 중에 성악을 전공한 음악교육 선생님이 계셨다. 또 시니어 단원 중에도 노래를 좋아하는 선생님이 계셔서 같이 노래를 부르기로 했다. 마침 음악교육 선생님이 블루투스 마이크를 가지고 오셨다. 나는 블루투스 마이크를 처음 써 봤는데, 유튜브 사이트에 노래방 모드로 녹음이 된 음악을 틀고 접속을 하니 노래방과 같은 분위기가 됐다. 세 명이서 같이 노래를 부르는 모습이 나중에 그리워질 것 같아 사진을 찍어 뒀다. 추억의 한 조각이다.

가족이자 친구가 된 동기단원들과 함께

국내교육을 받을 때도 동기들과 많이 친해졌지만, 같이 현지적응교육을 받는 동기들과는 특히 친해졌다. 관심사가 비슷한 까닭도 있지만 어떤 일이라도 혼자 하는 것이 불편한 상황에서 같이 도우면서 생활하다 보니 정이 많이 든 것이다.

다른 국가에 파견된 단원들을 보면 공동생활에서 의견이 맞지 않아 사이가 나빠진 단원들도 있는 듯했지만 우리 138기 라오스 단원들은 서로 다툼 없이 지내고 있다. 물론 어떤 일을 하면서 의견이 맞지 않아 대립하는 경우도 있었지만 그 일이 끝나고 나면 언제 그랬냐는 듯이 같이 모여서 웃고 떠들고 있다. 정년퇴임을 하고 봉사활동을 오신 시니어 단원 두 분도 열린 사고를 가지고 계셔서 이야기가 통하고 아직 대학생인 단원들과도 잘 통한다. 내가 느끼기로는 1년 봉사활동이 끝나더라도 계속 연락하면서 친구가 될 듯하다.

현지적응교육

10.

헬스센터에서 마사지도

드디어 찾고 찾았던 피트니스센터를 찾았다. 학교에서 생활에 필요한 시설들을 둘러보는 투어를 했는데, 지난번에는 시장에 가더니 이번에는 피트니스센터를 보여주었다. 가격은 싼 편이 아니었지만 시설은 한국의 웬만한 피트니스센터보다 훨씬 좋았다. 운동기구들이 훌륭했고 개수도 많아서 다른 사람들과 부딪칠 일이 없었다. 샤워 시설도 깨끗했고 사우나 시설과 작은 수영장 시설까지 갖춰져 있었다. 무엇보다 놀라운 것은 피트니스센터 안에 마사지를 받을 수 있는 시설까지 있었다는 사실이다. 현지 물가에 비하면 좀 부담스러울 법한 가격이었지만 보통 마사지를 받는 가격에 조금 더 추가비용을 지불하고 운동까지 할 수 있다는 사실이 매력적이었다.

단원들 세 명이 같이 가서 운동도 하고 수영장에서 맛있는 것도 먹고 마사지까지 받고 나왔다. 오랜만에 운동을 해서 기분이 좋은 데다 깨끗한 시설에서 힐링을 받고 왔다는 사실에 기분전환이 됐다. 봉사활동을 하러 왔다는 사람이 현지인들이 사용하기에 부담이 되는 좋은 시설에서 운동을 하고 마사지를 받는다는 사실에 죄책감이 들기도 했지만, 가끔은 기분전환을 해야 활동을 더 잘할 수 있다는 식으로 스스로를 설득했다.

현지적응교육

우리에게 필요한 것은 새로운 환경이나 새로운 사람들이 아니라, 주변의 소중한 것들을 알아채는 감각이 아닐까?

동료단원의 방에 놀러 갈 기회가 있었다. 여자단원 두 명이 사는 방이라서 그런지 깔끔하게 정리돼 있었다. 하지만 벽에 포스트잇이 여기저기 붙어 있었다. 저건 뭘까, 궁금해서 물어봤다.

"감사일지예요."

"감사일지요?"

감사일지란 하루에 감사한 일을 적어서 벽에 붙여 놓는 거라고 했다. 자세히 들여다보니 정말 사소한 일들이 적혀 있었다. 이를테면 이런 일들이었다. 저녁밥이 맛있었다, 오랜만에 좋아하는 친구의 연락을 받았다, 햇볕이 따사로웠다, 서늘하게 불어오는 바람이 기분 좋았다, 석양이 예뻤다….

우리가 흔히 일상이라고 부르는 일들이었다. 반복돼 그 의미가 퇴색돼 버리는 일상적으로 일어나는 일들이었다. 감사일지를 보면서 다시 생각해 보게 됐다. '아, 매일매일 반복적으로 우리를 기쁘게 만드는 일들이 이렇게 많구나' 하고 말이다.

우리는 흔히 자극적이고 불쾌한 일들에 집중하는 경향이 있다. 이를테면 누군가 나를 짜증나게 한 행동을 계속 생각한다거나 더운 날씨에 짜증을 낸다. 혹은 곤드레만드레 취해서 엉망진창으로 논 기억이나 부끄러웠던 기억에 집중한다. 이런 일들이 우리의 관심을 차지한다.
하지만 우리 주변에는 순간순간 일어나는 기분 좋은 일들이 정말 많다. 새로운 환경에서 새로운 사람들과 살아가다 보면 이런 일상의 기분 좋은 일들을 깨닫게 되곤 한다.

여행을 가서 별것 아닌 것에도 감동을 받은 경험은 누구나 있을 것이다. 하지만 그곳 사람에게는 그것이 일상이다. 그 사람들은 되레 우리가 하루하루를 사는 곳에서 우리가 보기에 아주 작은 일에 감동을 받을지 모른다.
자기 관점에서 당연한 일들은 감동의 대상이 못 된다. 사람들과의 관계도 마찬가지다. 엄마가 매일 차려주는 따뜻한 밥상에는 고마움을 느끼지 못하지만, 새로운 곳에서 새로 만난 사람들의 아주 조그마한 친절에 감동하는 것이 우리다.

사람들은 낯선 곳으로 떠나려 한다. 새로운 친구를, 새로운 사랑을 찾으려고 한다. 하지만 우리에게 필요한 것은 새로운 환경이나 새로운 사람들이 아니라, 주변의 소중한 것들을 알아채는 감각이 아닐까.
시간이 지나면 또 이렇게 깨달은 사실들을 잊어버리고 일상을 살게 되겠지만 오늘 하루는 주변의 것들을 소중히 여기고 싶다. 오늘은 부모님에게 그리고 오래된 친구에게도 전화 한 통 해야겠다.

현지적응교육

파견지 탐방

앞에서도 얘기했듯이 현지적응교육 중에 앞으로 파견될 지역을 미리 가 보는 시간이 있다. 우리에게는 1주일이 주어졌는데, 파견될 기관에 가서 같이 근무하게 될 사람들에게 인사도 하고, 숙소도 알아볼 시간을 준다. 나는 동기 중에 다른 분과 함께 루앙프라방에 파견될 예정이었다. 우리는 비엔티안에서 비행기를 타고 루앙프라방에 도착했다. 루앙프라방은 대표적인 관광지로 라오스에서 물가가 비싸기로 유명하다. 작년부터 근무하고 계시던 선배 단원분들이 우리가 편하게 머물 숙소를 알아봐 주고 루앙프라방 지역을 안내해 주셨다.

내가 근무하게 될 루앙프라방 교육대학에도 선배 단원 한 분이 근무하고 계셨다. 그분은 퇴직한 과학 선생님으로, 과학수업을 진행하고 계셨다. 근무하시는 사무실과 과학실 등을 보여주셨는데, 시설이라든가 교실과 사무실은 한국 기준으로 보면 정말 열악했다. 실험실은 기본적인 장비조차 갖추지 못하고 있었다. 내가 근무할 사무실에도 들러 인사를 드렸다. 사무실을 같이 쓰게 될 사람들은 모두 친절해 보였다. 내가 쓸 책상과 걸상까지 미리 준비해 놓고 나를 기다리고 있어서 조금 감동을 먹었다.

나는 영상미디어를 담당할 예정이라 컴퓨터실을 둘러봤다. 아니나 다를까, 라오스 대학의 컴퓨터실은 내 예상보다도 훨씬 뒤처지는 수준이었다. 영상미디어 교육에는 고사양의 컴퓨터가 필수적인데, 영상 편집 프로그램을 무리 없이 돌리기도 어려운 상황이었다. 현지적응교육 시간에 배운 내용으로 현지사업을 벌여 학교의 컴퓨터 시설을 업그레이드하는 방법을 찾아봐야겠다는 생각이 들었다.

코디네이터분들이 “요즘은 하드웨어 업그레이드보다 소프트웨어를 업그레이드하는 식으로 현지사업을 진행해야 한다”고 했다. 전적으로 동감이 갔다. 지금까지 사진 찍기용 하드웨어 지원사업이 중구난방으로 시행된 것이 사실이다. 예를 들어 컴퓨터실을 지어준다고 하지만 그 컴퓨터도 몇 년이 지나면 금세 구시대 유물이 되기 일쑤다. 또한 저소득 국가에서는 전기료를 아끼기 위해서 혹은 학과시간 배정상 컴퓨터실에 에어컨을 가동하지 못하는 경우가 왕왕 발생한다. 그런 탓에 장기간 방치된 고가의 장비나 시설이 고철 덩어리가 되는 일도 흔했다.

그래서 현재의 ODA(선진국에서 개발도상국이나 국제기관에 하는 원조) 추세는 지속가능한 시스템을 구축하는 식으로 많이 진행된다고 한다. 예를 들어 그냥 컴퓨터를 사서 시설을 만들어 주기보다는 컴퓨터의 필요성을 교육해 자생 가능한 시스템을 구축하고, 현지 기관에서 예산을 배정할 때 스스로 필요하고 활용이 가능한 컴퓨터 시설을 구축하게 만드는 것이다.
하지만 내 경우에는 조금 달랐다. 당장 영상미디어 수업을 하기 위해서는 기본적인 컴퓨터 시설이 필요했다. 기본적인 하드웨어가 갖춰지지 않은 상황에서 시스템을 업그레이드하는 일도 불가능할 것 같았다. 비엔티안에 돌아가면 코이카 측 사람들과 많은 이야기를 나눠야 할 것 같다는 생각이 들었다.

현지 방문에서 일만 한 것은 아니다. 라오스의 대표적 관광지인 꽝시폭포에도 들렀다. 정말 에메랄드 빛깔의 물이라는 표현에 걸맞은 곳이었다. 이곳저곳이 정말 아름다웠다. 앞으로 지내게 될 루앙프라방에 대한 환상을 한아름 안고서 꿈결 같은 일주일을 보내고 다시 비엔티안으로 돌아왔다.

에메랄드 물빛이 인상적이었던 꽝시폭포

현지적응교육

13.

유리창이 박살나다.

오늘 아주 황당한 일이 일어났다. 샤워를 마치고 샤워부스에서 나오려고 문을 여는데 문이 좀 빽빽했다. 평상시에도 문이 제대로 닫히지 않아 눈에 거슬리던 샤워부스였다. 내 마음이 그 문에 안 좋은 감정을 가지고 있었는데, 샤워를 마치고 잘 열리지도 않아 확 열어젖혔다.

그랬더니 이 문이 화가 났는지 '와장창' 하고 전체가 박살이 났다. 황당하게도 문고리만 내 손에 들려 있었고, 내 몸보다 더 큰 유리문이 파편 하나

하나로 완벽하게 박살이 났다. 너무 순식간에 일어난 일이라 나는 문고리를 잡은 채로 샤워부스 안에 서 있었고, 사방팔방으로 튄 유리 조각들이 내 몸 곳곳을 상처내 화장실 전체로 피가 튀었다.

창틀이든 세면대든 샤워부스 근처 곳곳에 자그마한 유리 파편들이 흩어져 있었다. 나는 이러지도 저러지도 못하고 멍하니 서 있었다. 발을 조금 내딛자 바닥에 뿌려져 있던 작은 유리 조각들이 발바닥에 박혔다. 유리가 와장창 깨지는 소리를 들은 룸메이트 시니어 선생님이 황급히 화장실 문을 열었다. 온몸이 물에 젖은 채 유리 조각까지 덮어쓰고 문고리만 들고 있는 나를 보고 시니어 선생님도 놀란 눈치였다. 일단 시니어 선생님의 인도로 나는 밖으로 나왔다. 대충 물에 젖은 몸을 닦는데 유리 조각 하나하나가 온몸에 박히는 기분이었다.

내가 아직 정신을 못 차리고 있는 와중에 시니어 선생님은 화장실 곳곳에 뿌려진 유리 조각들을 치워주셨다. 정신을 조금 차리고 보니 팔이며 무릎이며 발바닥이며 온갖 곳이 상처투성이였다. 앞방을 쓰는 단원에게 연락했더니 자기 방에 소독약과 반창고 등이 있다고 오라고 했다. 동료 단원의 방에서 치료를 받았다. 피부의 상처뿐 아니라 놀란 마음의 상처까지 치유되는 느낌이었다.

코이카 라오스 사무소에 사고 소식을 알렸더니 코디네이터분들이 많이 걱정해 주셨다. 그러나 병원까지 갈 정도의 큰 상처는 아니어서 그냥 집에서 쉬기로 했다.

그런데 화장실을 치우던 시니어 선생님이 유리 파편으로 엉망이 된 화장실을 청소하다가 그만 손가락에 상처를 입었다. 또 내 상처를 치료해 주던 동료 단원의 소파는 피로 물들고 말았다.

숙소 주위의 폐건물이 스산한 분위기를 더한다.

그날 저녁, 밥을 먹으러 가는 길에 왠지 모르게 라오스 현지의 어두운 모습이 눈에 들어왔다. 순전히 기분 탓이었을 것이다. 어이없이 다치고 보니 괜히 라오스 길거리의 어두운 면과 부정적인 면이 보이는 듯했다. 나는 마음을 고쳐먹기로 하고 다시 숙소로 돌아왔다.

타지에서 봉사를 하다 보면 여러 가지 뜻하지 않은 사고를 겪기 마련이다. 그때마다 동료들은 큰 힘이 된다. 오늘 역시 내 가까이에는 늘 동료 단원들이나 코이카 사무소 직원들이 있고, 무슨 일이 발생하면 항상 서로 돕는다는 것을 깨달은 하루였다. 이제 곧 임지로 떠나는데, 단원들이나 사무소 직원들이 서로 돕고 있다는 생각에 안심이 됐다.

라오스 현지의 숙소

현지적응교육

현지 대학생들과의 교류

현지적응교육의 주된 활동은 라오스 현지 어학원에서 현지어를 습득하는 것이다. 우리 기수는 '21세기 어학원'이라는 곳에서 단체로 수업을 들었다. 예전 기수들은 라오스 국립대학교의 한국어과 교수님을 초빙해 수업을 듣기도 했다는데, 해마다 사정에 따라서 변하는 모양이다.

어떤 수업이든 장단점이 있는데, 한국어과 교수님의 수업을 듣는 경우 한국어로 의사소통이 가능해 질문이 있으면 바로바로 설명을 들을 수 있는 것이 장점이라고 했다. 어학원 선생님들은 다 영어를 하시지만 단원들 중

라오스 어학원에서 현지어 수업을 들으며

에는 영어로 의사소통이 어려운 분들이 계셔서 선생님들과의 소통에 애로점이 많았다. 나는 특별한 불만은 없었다. 다만 숙소에서 학교까지의 이동시간이 길고 수업시간도 길었다는 점과 학교에 모기가 너무 많아서 수업에 방해가 됐다는 점을 빼고는 다 괜찮았다.
비엔티안은 도로사정이 열악하고 출퇴근 시간에 교통체증이 심해 이동시간이 긴 것은 어쩔 수 없는 일이었다. 수업시간이 긴 것 역시 라오스어 공부가 앞으로의 활동에 반드시 필요하므로 당연한 일이었다. 모기 또한 학교나 선생님들이 어떻게 할 수 있는 문제가 아니었으므로 불만을 이야기한다고 해서 바뀔 것은 없었다.

학교수업 중에 재미있는 시간이 있었다. 가끔씩 현지 대학생들과 대화를 하는 시간이 그것이다. 현지 대학생들은 라오스 국립대학의 한국어과 학생들로 4학년 위주였다. 한국어과 4학년 학생답게 한국어가 유창해 일상적인 대화에는 전혀 문제가 없었다. 1 대 1로 짝을 지어 연락처를 교환하고 그동안 라오스어 공부를 하면서 궁금했던 것들을 질문하는 시간도 가졌다. 내 짝꿍은 4학년 여자로 독특한 아이였다. 귀신 이야기를 좋아하고 만나기만 하면 이제까지 듣도 보도 못한 귀신 이야기로 내 관심을 끌었다. 취미도 명상과 요가였는데, 주말이 되면 하고 싶은 일이 '사원에 가서 명상을 하는 것'일 정도였다.
내가 대학생 때 어떻게 시간을 보냈는지 생각해 보니 정말 차이가 많았다. 다들 그랬다는 것이 아니라, 대학 시절 나와 친구들의 주된 관심사 중 하나는 연애와 술 먹고 놀러 다니기였다. 요즘 젊은이들은 스펙 쌓기와 외국어 공부 등으로 바쁘게 보내지만, 우리 때는 좀 한가했다.
반면 라오스의 문화는 좀 달랐다. 짝꿍 친구에게 물어보니 라오스 대학생들도 맥주를 즐기기는 하지만, 술이나 놀이에 깊게 빠지지는 않는다고 했다. 불교의 나라답게 명상이나 영적인 것에 관심을 가지는 친구 등 한국의 대학문화와는 많이 달랐다.
그동안 나는 순박하고 화를 내지 않는 라오스 사람들도 연인끼리 혹은 부부끼리 싸움을 하는지 무척 궁금했는데, 친구가 된 짝꿍에게 이를 물어 보니 돌아온 대답은 '라오스 사람도 마찬가지'였다.

남들이 목격할 정도로 큰 싸움이 벌어지지는 않지만 연인이나 부부간의 싸움 빈도는 한국과 비슷한 듯했다. 불교문화권에 있는 만큼 '화를 내는 것은 남에게나 나에게 도움이 안 된다'는 인식은 공유하고 있지만, 편한 사람에게 조심하지 않고 싸움을 벌이는 것은 어느 나라에서나 흔한 일인 것 같았다.

어쨌든 어학원 덕분에 현지인 친구가 생겨서 기뻤다. 내가 루앙프라방으로 파견을 간다고 하니 친구가 한번 놀러 가겠다고 했다. 나는 언제든 환영한다고 반겼다. 앞으로도 더 많은 라오스 친구를 사귀어서 더 많은 것들을 배우고 느꼈으면 좋겠다.

어학원을 통해 현지 대학생들과 교류하다.

현지적응교육

15.

현지 소풍

현지적응교육 중에 한 번은 현지답사 시간이 있다. 학교로 치자면 수학여행 같은 개념으로, 동기들끼리 친목을 다지는 것은 물론 다른 선배 단원들이 근무하는 기관을 방문해서 어떻게 생활하고 있는지 미리 체험해 보는 시간도 갖는다. 우리는 라오스의 대표적 관광지인 방비엥으로 떠났다.

방비엥으로 떠나는 여정은 쉽지 않았다. 차로 4시간 정도 걸렸는데, 만약에 고속도로가 있다면 2시간도 걸리지 않을 거리였다. 산길을 돌아가는 비포장도로의 연속이라서 더 시간이 걸리는 것 같았다. 원래는 4시간 정도 엉덩이 단련을 하면서 비포장도로를 쿵덕쿵덕 방아를 찧으며 가야 한다는데, 코이카가 라오스에서 구할 수 있는 최고급 차량을 준비해 주셨다. 운전기사님도 정말 부드럽게 운전을 해주셨다.

그러나 현지의 도로 사정이 워낙 열악한 것은 어쩔 수가 없었다. 군데군데 포장 공사가 벌어져 더 시간이 오래 걸렸다. 도로 공사를 위해 짐을 옮기는 트럭들 때문에 가다 서다를 반복해야 했다. 지금까지 한국에서 얼마나 편한 생활에 익숙했는지 깨닫게 됐다.

도로 사정이 열악한 라오스의 대표 관광지 방비엥

방비엥에 도착해서는 먼저 현지 의료시설에서 근무하는 간호사 선생님의 근무지를 찾아갔다. 제대로 된 수술실 하나 갖추지 못하고, 입원실에서 사람들이 옹기종기 모여서 밥을 해 먹고 있었다. 현지 단원분의 말씀에 따르면 자신이 지금 근무하고 있는 병원이 라오스에서는 거의 최고급의 시설을 갖추고 있지만, 한국에 비하면 의료환경이 아주 열악해 제대로 된 의료 서비스를 받지 못해서 아파하는 사람들이 많다고 했다. 우리는 병원을 한번 둘러봤다. 한국인 환자도 한 분 계셨다. 라오스의 대표적 관광지인 만큼 외국인 관광객의 사고도 많은 편이라고 했다. 한국인 환자는 오토바이를 타다가 사고가 나서 얼굴에까지 상처를 입었다.

"한국인 간호사분이 계셔서 얼마나 위안이 됐는지 몰라요."

나도 혼자 외국을 여행하다가 사고를 당한 경험이 있어서 그분이 사고를 당하고 난 후 얼마나 두려웠을지 공감이 됐다. 그럴 때 병원에 말이 통하는 사람이 있어서 정말 위안이 됐을 것이다. 앞으로 우리가 할 일도 이럴 것이라고 생각됐다. 그곳에 존재한다는 자체로 사람들에게 위안을 줄 수 있다는 게 너무 멋있었다. 간호 단원님은 늘 웃는 얼굴로 사람들을 대하고 무언가 사람을 편안하게 해주는 구석이 있었다. 방비엥의 뜨거운 태양보다 사람이 더 눈부셔 보였다.

다음 견학지는 현지 학교였다. 코이카 선배 단원분이 체육교사로 일하고 계셨는데, 자신의 사무실이 지금은 거의 양호실처럼 쓰이고 있다고 하셨다. 양호실과 양호선생님이 안 계신 학교에서 선배 단원은 코이카에서 지급한 구급함으로 기본적인 치료를 하고 계셨다. 남자 학생들은 운동을 하다가 다치면 먼저 체육선생님 사무실부터 찾는다고 하셨다. 나는 다쳐 본 적이 거의 없고 약도 먹은 지가 기억이 안 나는 타입이라 코이카 구급함이 필요 없다고 생각하고 있었는데, 구급함이 이런 식으로 쓰일 수도 있겠구나 하는 생각이 들었다. 나도 루앙프라방으로 파견되면 '꼬마 의사'로 활동할 수 있겠다는 생각에 마음이 들떴다. 기본적인 치료법을 공부해서 좀 더 훌륭한 의사로 활약해야겠다는 욕심도 생겼다.

우리는 선배 단원을 따라 아이들의 체육시간을 참관했다. 마침 한국의 대학교에서 봉사단원들이 와서 아이들과 함께 한국 전통놀이를 하며 시간을 보내고 있었다. 학생들을 인솔해 오신 교수님이 안면이 있어서 반갑게 이야기를 나눴다. 교수님도 해외봉사에 관심이 많아서 이번에는 방학을 맞아 학생들과 함께 라오스에서 단기 봉사활동을 수행 중이라고 하셨다. 다음에 한국으로 돌아가면 연락을 해서 개인적으로 뵙기로 약속하고 명함을 받아 두었다.

한국 학생들과 아이들이 어울려 노는 모습을 보다가 갑자기 마음이 동해 나도 끼어들기로 했다. 단체줄넘기를 하는데 내가 끼어들어도 되냐고 물으니 학생들은 흔쾌히 좋다고 했다. 현지 아이들과 하나가 돼 줄넘기를 하고 서로 웃고 떠드는 사이에 나이와 국적을 떠나 친구가 된 느낌이 들었다. 이어 제기차기와 투호던지기를 하며 한국문화를 소개했다. 아이들은 똘망똘망한 눈빛으로 내 얘기에 귀를 기울였다. 그들을 보며 나도 라오스 전통문화를 배우고 싶다는 생각이 들었다. 앞으로 국외연수가 끝나고 기관으로 파견이 되면 학생들과 함께 라오스 전통놀이를 배워 보는 시간을 가져야겠다고 결심했다.

방비엥에서 카약투어를 한 남쏭강 풍경

연수가 끝나고 비엔티안으로 돌아가는 날 아침에 약간의 레저 시간이 주어졌다. 우리는 방비엥 카약투어를 하러 가기로 했다. 물을 무서워하는 동기단원 한 명과 예전에 카약투어를 한 경험이 있는 단원은 주변에 있는 사원을 구경하러 갔다. 나머지 단원들은 아침을 먹자마자 호텔 앞으로 나갔는데 여러 장비까지 갖춘 트럭이 우리를 기다리고 있었다. 우리는 안전을 위해서 구명조끼를 입고 트럭에 올랐다.

방비엥에서 카약투어를 하는 강은 남쏭강인데, 물살이 장난이 아니었다. 두 명씩 짝을 지어 노를 젓는데, 오랜만에 운동을 하니 정말 즐거웠다. 친한 동기단원과 물살을 가르며 다른 카약보트들과 경쟁을 하는 것도 재미있었다. 날씨도 좋고 경치도 좋아서 기분은 하늘을 나는 듯했다. 그동안 실내에서 라오스어 공부만 하느라 내가 한국에 있는지 라오스에 와 있는지 모를 지경이었는데, 라오스에 와서 처음으로 '내가 다른 나라에 와 있구나' 하고 생각했다.

웃긴 일도 있었다. 운동을 못 한다고 공표한 단원과 체육교육 단원이 한 팀이 돼 카약을 탔다. 처음에 이들 둘이 안 보이기에 먼저 갔나 했는데, 저 멀리 뒤에 있었다. 서두르려다가 역주행을 해서 점점 더 상류로 올라간 것이다. 물을 거꾸로 거슬러 올라가며 당황해하는 모습이 너무 웃기기도 하고 귀여워서 모두들 깔깔거렸다. 결국에는 참다못한 현지 인솔자가 투입돼 그 카약을 대신 조종해 주었다. 하지만 체육단원의 실수로 배가 뒤집어져 동기단원 두 명뿐 아니라 현지 직원도 물에 빠져서 머리까지 흠뻑 젖고 말았다. 또 중간에 체력이 고갈돼서 이제 그만 트럭을 타고 가자고 애원하는 것도 너무 웃겼다.

우리는 모두 흠뻑 젖은 채 하류에 도착해 비엔티안으로 돌아갈 준비를 서둘렀다. 계속 공부만 하다가 짧은 휴가를 떠나온 기분이었지만, 선배 단원들이 근무하는 모습을 보며 더 열심히 준비해야겠다고 자극을 받은 시간이기도 했다. 더 힘을 내서 라오스어를 공부해야겠다는 동기도 생겼다.

현장 체험 후 동기단원들과 함께한 즐거운 한때

16.

마지막 발표 영상 만들기

현지적응교육 마지막 날에는 그동안 배운 것을 발표하는 시간이 있다. 라오스 코이카 사무실에서 코이카 직원들과 학교 선생님들까지 모셔놓고 그동안의 라오스어 공부 성과를 라오스어로 발표한다고 했다. 발표 준비에 공을 들였지만 우리의 라오스어 실력이 부족한 것은 어쩔 수 없어서 선생님들과 현지 대학생들의 도움을 받았다.

나는 영상미디어 단원답게 영상을 만들었다. 다른 단원들 모르게 그동안 같이한 순간들을 사진으로 남겨두었었다. 그 사진들을 편집해 영상으로 만들어 같이 교육받은 추억을 남겨두고 싶었다. 나는 동료 단원들이 임지에 가서 생활하다가 힘들 때 이 영상을 보고 교육받을 때의 각오를 떠올렸으면 하고 바랐다. 어떤 일이 익숙해지면 반복되는 일상이 지겨워지고 불만이 생기기도 한다. 그때 교육받던 시절을 떠올리며 각오를 새롭게 다지길 바랐다. 사실 이런 것은 나에게 가장 필요한 일이기도 했다.
나는 지금까지 여러 가지 일을 했는데 다른 사람들보다 일처리가 빠르고 깔끔하다고 인정을 받아왔다. 새로운 아이디어도 곧잘 내어 좋은 평가를 받았다. 하지만 나 스스로는 항상 반복되는 직장생활에 싫증을 쉽게 느끼고 불만도 많았었다. 지금 생각해 보면 일에 익숙해지면서 처음의 마음가짐을 잃어버렸기 때문이었다.

좋은 목적을 가지고 라오스에 와서 봉사활동을 시작하면 처음에는 모두 신이 날 만하다. 하지만 일상이 반복되고, 지금까지 익숙해 왔던 일처리 방식과 다른 문화에서 일을 하려면 짜증도 많이 생긴다. 그때 이 영상이 이곳에 오기 위해 그동안 어떤 마음가짐으로 준비를 하고 얼마나 오래 교육받았는지를 자극해 주는 '구급함'이 됐으면 했다.

그런데 정작 영상을 만드는 동안 내가 울컥하는 때가 많았다. 사진 속의 동료들은 웃고 있었다. 재미난 표정을 짓고 있었으며 새로운 곳에서 신난 표정들을 하고 있었다.
물론 이런 표정들이 우리 마음의 전부는 아니다. 사진이나 영상이라는 것은 모습의 찰나만을 기록한다. 같이 서서 웃고 있는 그 표정 전의 어색해하는 표정이나 그 후에 서로 감정이 상해 찡그리는 표정 등은 기록할 수 없다.

하지만 어쨌든 영상에 담긴 것은 서로 같이 시간을 보내며 지었던 웃는 표정들이었다. 이제 서로 떨어지더라도 서로의 웃는 표정만을 기억하고, 그 기억이 마음의 비타민이 됐으면 좋겠다고 나는 소망했다.

현지적응교육

17.

현지적응교육 마지막 날

드디어 현지적응교육이 끝나는 날이었다. '드디어'라고는 했지만 기다리던 것은 아니었고, 그렇다고 기다리지 않은 것도 아닌 싱숭생숭한 기분이었다. 먼저 오랫동안 받았던 적응교육을 마치고 마침내 임지에 파견된다는 설렘은 있었다. 지금부터 어디서 어떤 사람들과 만나게 될까, 어떤 일을 하게 되며 또 어떤 일들이 벌어질까 등등 알 수 없는 미지의 세계에 대한 흥분이 분명 존재했다. 한편으로는 지금까지 같이 교육을 받았던 사람들과 헤어져 임지에 가서 혼자 살아가게 될 생활에 대해서 일종의 불안 같은 것도 있었다.

아쉬움과 설렘이 공존했던 현지적응교육 수료식에서

Chapter. 3

봉사일기

이런 라오스 사람들을 보면서 깨달은 것이 있다.
외로움을 극복하는 방법은 '내가 먼저 사랑을 실천하는 것'이라는 교훈이다.

오늘 당장 밖에 나가서
다른 사람들에게 작은 사랑이라도 실천해 보려고 한다.

봉사일기

1

출근 첫날

라오스는 동남아시아에서 태국이나 베트남에 비해 비교적 덜 알려진 나라다. 공식 명칭은 라오인민민주주의공화국으로, 영어로는 Lao People's Democratic Republic으로 표기한다. 꽤 익숙한 이름이다. 북한의 공식 명칭인 Democratic People's Republic of Korea와 비슷하다.

루앙프라방 교육대학에 근무하는 나는 출근 첫날 황당한 경험을 했다. 출근시간에 늦은 나는 허겁지겁 뛰어서 학교에 도착했다. 시계를 보니 출근

시간을 10분이나 넘긴 8시 10분이었다. 내 사무실이 총장실 옆에 있어서 마음이 더 조급해졌다. 8시 15분에 헐레벌떡 사무실에 도착해 문을 열고 들어가려는데 문이 열리지 않았다. 옆의 총장 사무실을 봤더니 그곳 역시 자물통으로 굳게 잠겨 있었다. '혹시 휴일인가' 싶어 1층에 내려갔더니 청소하는 직원들은 한가롭게 마당을 쓸고 있었다. "오늘이 혹시 휴일이냐"고 묻는 나에게 직원들은 "무슨 소리 하냐"며 퉁명스럽게 대답했다.

루앙프라방 교육대학 정문

뭔 일인가 싶어 사무실 앞을 왔다 갔다 하는데, 8시 30분이 넘자 다른 교수님들이 하나둘씩 도착하기 시작했다. 이것이 내가 라오스 직장에서 받은 첫 인상이다. 출근시간은 8시, 퇴근시간은 4시 반으로 정해져 있지만, 그것을 곧이곧대로 지키는 사람은 별로 없다. 집에 일이 있거나 사정이 있으면 조금 늦게 출근하고 조금 일찍 퇴근하는 것이 용인된다. 점심시간도 11시 반에서 1시 반까지로, 교수님 대부분이 오토바이를 타고 집에 가서 밥을 먹고 온다. 가까이 사는 교수님들은 밥을 먹고 낮잠을 한 시간씩 자고 온다고 한다.

업무 강도도 한국에 비해서는 약한 편이다. 수업도 많지 않거니와 수업이 없는 시간에는 삼삼오오 모여서 수다를 떨거나 음식을 나눠 먹는 경우가 많다.

사실 한국의 직장문화도 이와 비슷한 시절이 있었다. 하지만 IMF(국제통화기금) 구제금융 신청 이후 구조조정이 상시화되는 등 경쟁이 치열해지면서 지금과 같은 직장문화가 자리 잡았다.

봉사일기

임시숙소

새로운 곳에 가면 음식과 머물 곳을 정하는 것이 고민거리다. 나는 다행히 라오스 음식이 입에 맞아 아무 식당에 들어가도 배불리 맛있게 먹을 수 있었다. 하지만 봉사단원 가운데 라오스 음식이 입에 맞지 않아 고생을 한 분도 계셨다. 이런 경우 대개는 집에서 한국음식을 만들어 먹는데, 비엔티안에서 근무하는 단원이 아니라면 꽤 고생을 하게 된다. 식재료를 구하기 힘들기 때문이다.

라오스의 수도인 비엔티안에는 한국마트가 곳곳에 있어 한국에서 먹던 것들을 완벽하지는 않지만 비슷하게 만들어 먹을 수 있다. 하지만 지방에서 근무하는 단원들은 한국음식 식재료를 구할 수가 없어서 가끔 비엔티안에 들를 때 엄청난 양의 식재료를 사 온다. 어렸을 적부터 외국으로 돌았던 나는 다행히 이런 걱정을 할 필요가 없었다.

내가 초반에 적응하는 데 조금 힘들어했던 부분은 역시 숙소 문제였다. 사전 방문 기간에 몇 군데 숙소를 보았지만 마음에 들지 않았다. 근무하고 있는 기관의 동료가 보여준 숙소는 너무 크고 어두워서 마음에 들지 않았다. 페이스북에 올라와 있는 외국인들을 대상으로 하는 숙소는 가격이 맞지 않았다. 누군가는 현지인들을 대상으로 하는 집을 구하면 되지 않느냐고 말할지 모르지만, 막상 그것도 쉽지 않은 일이다. 대부분의 집들이 네 명에서 다섯 명 사이의 가족을 대상으로 하기 때문이다. 동료 단원의 집을 본 적이 있는데, 그는 혼자 지하 1층과 지상 3층의 건물 전체를 쓰고 있었다. 그는 한 층은 공부하는 서재로, 다른 층은 요리와 빨래를 하는 곳으로, 또 다른 한 층은 거실로, 마지막 한 층은 침실로 쓰고 있었다. 방은 셀 수 없을 만큼 많았다. 3대가 살아도 될 만한 집이었다.
혼자 살기 좋은 깨끗한 집을 찾기가 어려워 우선은 게스트하우스에서 머물기로 했다. 규정상 현지파견단원은 파견 시점에서 한 달간은 게스트하우스나 호텔에 머무는 것이 허용된다. 파견 즉시 집을 구하기가 까다로운 것을 고려한 예외규정이다. 나는 게스트하우스에 머물면서 천천히 숙소를 정하기로 했다.

게스트하우스는 당연히 렌트를 하는 것보다 비용이 훨씬 많이 들었다. 하

잠시 묵기로 한 임시숙소 게스트하우스

지만 비용 문제는 해결이 가능했다. 숙소지원금의 경우 처음 한 달간 게스트하우스나 호텔 등의 숙박시설에 머물면 원래 금액의 1.5배가 지원되는 덕분이었다. 루앙프라방의 경우 숙소지원비가 월 주거비 지원 상한액이 550달러이니 첫 달은 825달러까지 지원받을 수 있었다.

내가 근무하는 루앙프라방 교육대학은 시내에서 도보로 1시간 정도 떨어진 곳에 있었다. 첫 달은 적응도 하고 앞으로 이용할 식료품점이나 편의시설들도 알아볼 겸 시내와 근무지의 중간 정도로 숙소로 정했다. 미리 현지조사를 왔을 때 봐두었던 곳 가운데 하나라 쉽게 계약을 했다. 2층 건물의 지그마한 게스트하우스였는데, 주변에 식당과 큰 사원이 있었다. 원래는 하루에 30달러가 넘는 가격이었지만 한 달 머무는 조건으로 숙소지원금에 맞춰서 계약을 했다. 임시숙소비는 사후에 입금되는 형식이어서 미리 가져간 달러로 지급한 후에 영수증을 받고 그 영수증을 코이카 라오스 사무소에 보냈다.

임시지만 숙소 문제를 해결하니 마음이 편했다. 숙소를 정한 날 저녁에 기관의 동료가 "다음날 학교에 행사가 있다"고 전해 왔다.

봉사일기

라오스 음식

한국 사람들이 라오스를 좋아하는 데는 많은 이유가 있지만, 그중 하나는 라오스 음식이다. 라오스 음식은 탕도 있고 밥도 있어 기본적으로 밥과 국을 좋아하는 한국 사람 입맛에 맞는다. 즉 유럽에서 생활하는 것처럼 매일 빵만 먹지 않아도 된다는 얘기다. '나는 빵을 좋아해서 매일 빵만 먹어도 살 수 있어'라고 말할 사람이 있을지도 모르지만, 막상 닥쳐 보면 현실은 다를 것이다. 나는 아시아 사람들이 거의 살지 않는 뉴질랜드 수도 웰링턴에서 살았고, 거의 매일 빵만 먹었다. 그렇게 외국생활을 오래 하며 빵에 익숙해

질 법했지만, 그래도 가끔은 뜨끈뜨끈한 국과 따뜻한 밥이 그리워지는 것은 어쩔 수가 없었다. 그러나 라오스에서는 이런 걱정을 할 필요가 전혀 없다. 따뜻한 밥을 어디서나 저렴한 가격으로 먹을 수 있고, 한국 사람들이 좋아하는 바비큐와 샤브샤브, 심지어 한국의 칼국수 같은 음식까지 존재한다.

라오스의 매력 중 하나인 라오스의 노점들

내가 라오스에 잘 적응할 수 있었던 가장 큰 비결도 음식이었다. 라오스의 음식은 세계 4대 요리 중 하나라는 태국음식과 비슷하지만, 개인적인 생각으로 태국음식보다 훨씬 맛있다. 태국을 대표하는 국물음식이 '똠얌꿍'이라면 라오스에는 '카오삐약'이 있다. 똠얌꿍은 고수나 생선향이 많이 나는 이국적인 맛인 반면 카오삐약은 거의 한국의 칼국수 같은 맛이다. 칼국수처럼 걸쭉한 국물에 닭고기 육수로 맛을 낸다. 게다가 한국인의 입맛에 맞게 매운맛이 혀를 자극한다. 잘게 찢은 닭고기와 볶아낸 마늘과 라임을 넣고, 다시 매운 고추에다 칠리소스와 피시소스를 첨가하면 신라면은 저리

가라 할 정도로 땀이 줄줄 나게 매운맛을 즐길 수 있다.

현지적응의 일등공신인 라오스 식당의 음식들

밥을 좋아하는 한국의 입맛에 맞게 라오스는 덮밥문화도 발달해 있다. 라오스에서 가장 보편적인 '저민 돼지고기 덮밥'은 물론 '소고기 덮밥'과 '닭고기 덮밥'도 있다. 간장과 피시소스로 맛을 낸 덮밥은 한국 사람들이 먹기에도 전혀 거부감이 없다.

그 외에 라오스 음식 몇 가지를 소개하면, "다진 돼지고기 샐러드"를 뜻하는 랍무는 조금 젓갈 냄새가 나기도 하지만 매콤하게 볶은 저민 돼지고기와 야채가 그야말로 밥도둑이다.

반면 '파파야 샐러드'는 호불호가 갈리는 음식이다. 개인적으로도 별로 즐기지는 못하는데, 그 이유는 젓갈 냄새가 너무 심하기 때문이다. 가게에 따라서는 젓갈을 조금 적게 넣는 집도 있었는데, 그곳은 굉장히 맛있었다. 파파야 샐러드는 즉석에서 버무려 주기 때문에 나는 그 이후부터 파파야 샐러드를 먹을 때는 젓갈을 조금만 넣어 달라고 부탁한다.

"라오스 소시지"를 뜻하는 '싸이쿠아'는 내가 가장 좋아하는 음식이다. 한국에서 핫도그 안에 들어가는 소시지와는 비교도 할 수 없을 정도로 맛이 좋다. 또 숯불에 구워 향과 바삭한 촉감이 좋아 맥주 안주로 딱이다.

'시엔사반'이라고 하는 라오스 육포도 정말 맛있다. 나는 여러 지역에서 육포를 먹어 봤는데, 부드러운 육질에 독특한 향까지 지닌 라오스 육포는 일단 입에 넣기 시작하면 손길을 멈출 수 없는 맛을 자랑한다.

겉바속촉의 대명사로, 나의 애정음식인 바게트 샌드위치

마지막으로 '바게트 샌드위치'를 빼놓을 수가 없다. 속은 부드럽고 겉은 바삭한 프랑스식 바게트빵에 돼지고기, 계란 프라이, 베이컨, 치킨, 갖은 야채나 치즈 등 원하는 재료를 선택하면 즉석에서 가득 채워준다. 소스도 선택할 수 있다. 간단하게 끼니를 때울 수 있는 대표적인 길거리음식이다. 여러 가지 재료나 소스를 선택할 수 있다는 점에서 서브웨이와 비슷하지만 가격은 서브웨이의 5분의 1 수준이다.

이렇듯 매운맛과 짠맛이 기본인 라오스 음식은 한국 사람들에게 거부감이 별로 없고, 나 역시 매일 라오스 음식을 먹어도 전혀 질리지 않았다. 게다가 라오스는 길거리에서 반찬을 판다. 읍내에도 있고. 특히 학교에도 반찬을 파는 가게가 있다. 나는 집에서 밥을 해놓고 두세 개의 반찬만 사다 함께 먹곤 했다.

현지 학생들도 이렇게 끼니를 해결하는데, 이는 대학교에 식당이 없기 때문이다. 나는 왜 학교에 식당이 없는지 궁금했는데, 대학생들은 '학교에 왜 식당이 있냐'는 식의 반응이었다. 학생들은 밥은 기숙사에서 밥통으로 하고 한 명이 반찬 하나씩을 사서 나눠 먹는 식으로 끼니를 해결했다. 개중에는 직접 요리를 하는 학생도 있다고 하는데, 기숙사에서 요리를 하기란 쉽지 않아 보였다.

워낙에 가리는 음식이 없고 여러 나라의 음식을 다 잘 먹는 편이지만, 특히 라오스 음식은 입에 맞아서 생활하는 데 걱정거리 하나는 덜었다. 더욱이 루앙프라방은 라오스의 대표적 관광지로 한국식당이 세 개나 있는 데다 이탈리아 식당, 영국식 펍, 심지어 프랑스 식당까지 있다. 한마디로 먹는 걱정은 '안녕~'이다.

다만 이러한 환경은 비엔티안과 루앙프라방, 방비엥 같은 대도시에 국한된 일이다. 다른 곳에서는 한국식당을 찾기가 힘들다. 지방 도시는 카페도 하나 정도이고, 식당은 전부 라오스 식당이다. 요새 급증하는 중국인 단체관광객을 위한 중국식당도 하나 정도 있을 뿐이다.

4일

라오스 실업률은 믿기지 않는 0.61%?

사회주의 경제를 채택하고 있는 라오스는 실업률이 굉장히 낮다. 세계은행과 라오스 통계청 자료에 따르면 2019년 라오스 전체 인구는 706만 1507명이며, 그중 노동 가능 인구는 380만 51명으로 전체에서 53.8%의 비중을 차지한다. 특히 실업률은 0.61%밖에 되지 않는다.

또한 라오스 근로자들의 평균 임금은 월 180달러를 조금 넘는다. 라오스 사회복시청이 2017년 4965개의 기업을 대상으로 조사한 결과 평균 급여는 188달러였다. 라오스의 주요 산업인 농업 종사자의 월 급여가 129달러, 산업

분야는 141달러, 서비스업은 최고액인 294달러의 평균 임금을 나타냈다.

한편 2019년 UNDP(유엔개발계획)의 발표 자료에 따르면 라오스의 인간 개발지수는 2018년 기준 세계 189개국 중 140위로 하위권이다. 교육 수준은 초등학교에서 중학교로 올라가는 학생의 수가 56.9%, 중학교에서 고등학교로 올라가는 학생이 49.9%, 고등학교를 졸업하고 직업학교나 대학교로 진학하는 학생 수가 47.2%로 집계됐다. 얼핏 보면 교육열이 높은 듯하지만, 2018년 기준으로 직업학교 이상의 고등교육을 받은 인구는 전체 인구의 1.5%밖에 되지 않는다.

또한 실업률은 0.61%로 낮지만 전체 노동자의 75%가 농축산과 광업 분야에 몰려 있다. 농축산·광업 분야의 GDP(국내총생산) 기여도는 24.7%에 이른다. 여기에 제조업 기반이 약하고 서비스업의 노동생산성도 낮은 것이 라오스 경제의 약점이다. 하지만 직장에서 만나는 라오스인들은 웃음과 여유가 넘친다. 그게 참 묘하다.

동물도 있고 트럭도 많이 지나다녀 정신을 바짝 차리고 이동해야 하는 라오스 거리

봉사일기

가지고 있는 것이 가져다주는 불편함

파견 와서 적응하는 데 정신이 없다 보니 한 달이 훌쩍 지나갔다. 이제 마음의 여유가 좀 생겨 마을을 한 바퀴 돌았다. 라오스는 골목이 많고, 인도가 제대로 정비되지 않은 길도 많다. 언덕에서 내려와 바로 큰길로 이어지는 곳도 적지 않다. 보행자의 안전을 위협하는 요소들이 곳곳에 숨어 있는 것이다. 신호등이라고는 수도에 몇 개 있는 게 전부다. 각자 알아서 차를 피하고 길도 건너야 하는 형편이다. 여기에 더해 오토바이들까지 불쑥불쑥 튀어나온다. 마구 달리는 자동차, 그 옆에서 불쑥 튀어나오는 오토바이, 돌진

하는 듯한 아이들과 개들까지 조심해야 할 것이 한두 가지가 아니다.

보행자 안전 위협요소가 많은 라오스의 교통 상황

그래서 잔뜩 조심조심 다녔는데, 오늘 아침에 결국 사고를 내고 말았다. 보행자인 내가 사고를 냈다고 해 봤자 별일은 아니지만, 오토바이 한 대가 나 때문에 '와장창' 넘어졌다. 사고의 전말은 이랬다.

나는 내 갈 길을 가고 있었고, 오토바이도 자기 갈 길을 따라 오고 있었다. 보행도로가 끝이 나지 않고 신호도 없는 길에서 오토바이가 불쑥 튀어나왔다. 신호가 있든 없든 차나 오토바이가 일단 멈췄다가 큰길로 접어드는 교통규칙에 익숙한 나는 놀랐고, 나를 향해 달려드는 오토바이를 정말 영화처럼 3초가량 멍하게 쳐다보았다. 영화가 맞았다. 머릿속에서는 멋지게 앞구르기를 하거나 점프를 해서 피해야 한다는 생각이 들었지만 몸은 그대로 정지해 있었다.

오토바이는 나를 덮치기 한 2초 전에 갑자기 옆으로 쓰러지더니 내 왼쪽에서 '와장창' 소리를 내면서 나자빠졌다. 주인은 오토바이 핸들을 놓고 폴짝 뛰어올라 오토바이만 쓰러졌다. 사람은 웃기게도 자빠진 오토바이 옆에 빨딱 서 있었다. '이게 무슨 영화 같은 상황이지' 하고 있다가 문득 정신 차려야겠다는 생각이 들었다. 여기는 외국이고, 나는 소수자이며, 그 녀석이 소리치고 경찰을 부르거나 하면 수리비고 뭐고 정신적 피해보상금이고 해서 한 달 생활비 정도는 홀랑 떼어먹히겠구나 하는 불안이 엄습해 왔다.

"버뺀냥?"

그 오토바이의 주인이 물었다. 이건 "괜찮냐"는 뜻의 라오스어다. 그래서 내가 "나는 괜찮다, 너는 괜찮냐?"라고 물으니 그가 다시 "나는 괜찮다, 너는 괜찮냐?"라고 나에게 되물었다. 그 말에 내가 다시 "나는 괜찮다, 네 오토바이는 괜찮냐?"라고 묻자 그는 "내 오토바이…" 하더니 "뭐 괜찮다"라며 다시 "너는 괜찮냐?"고 물었다.

그래서 우리는 셋 다 괜찮은 것으로 훌훌 털고 일어났다. 한국에서 교통사고를 겪어본 나는 이럴 때는 빨리 도망가는 게 상책이라는 생각이 들어 서둘러 자리를 떴다.

뒤를 돌아보니 오토바이 주인은 괜찮은데 오토바이는 괜찮지 않은 모양이었다. 그가 괜찮지 않은 오토바이를 옆으로 잡아끌고 가는데, 그 모습이 힘겨워 보였다. 그의 오토바이도 오토바이를 끌고 가는 그도 안 괜찮아 보였다.

사실은 나도 기분이 썩 괜찮지 않았고, 출근길에 오토바이를 끌고 가야 했던 그도 괜찮지 않았을 것이며, 무엇보다 사람을 태우지 못하고 사람에게 끌려가는 그의 오토바이가 많이 안 괜찮아 보였다. 하지만 모든 것이 그냥 다 괜찮은 것으로 마무리됐다. 출근길에 좀 늦었다고 인상을 구기는 사람도, 수리비를 비교하기 위해 여기저기 다녀야 할 필요도, 보험금이 인상될 테니 사고를 숨길까 아니면 그냥 현금 처리를 할까 계산하는 사람도, 막말로 '돈돈돈'거리는 사람이 없었기 때문이다.

우리 주변에는 돈이 있는데도 늘 '돈돈돈' 하고, 무슨 일이 생기면 돈부터 따지는 이들이 더러 있다. 하지만 인생의 중요한 어떤 것은 정작 그것을 가지고 있지 않을 때야 비로소 보이기도 한다. 가지고 있는 것이 가져다주는 불편함, 분명 그런 것도 있다.

봉사일기

라오스에는 없는 것이 많은데, 여유는 있다.

드디어 2학기가 시작됐다. 출근했더니 아침부터 대학교 전체가 전쟁터가 돼 있었다. 1학년들이 군사훈련을 받는 거라고 했다. 교수들도 본관 건물 앞에 쭉 늘어서 있었다. 이건 월요일마다 하는 조례라고 했다. 부총장이 나와서 연설을 30분 넘게 하더니, 옆에서 쭉 듣고만 있던 학생 둘이 짧게 뭐라고 말을 하고 끝났다. 거의 99퍼센트는 알아듣지 못했다. 다른 교수들도 옆의 교수들과 잡담을 나누거나 핸드폰을 보는 등 전혀 듣지 않았다. 라오스어 공부를 위해서 어떻게든 들으려고 노력하는 내가 매주 월요일마다 으례 반복되는 행사라며 귀를 막고 있는 다른 교수들보다 수업 태도가 나은 편이었다.

집체 교육을 받고 있는 학생들

조례가 끝나고 군사훈련을 받는 학생들을 관찰하고 사진도 찍어두었다. 영상미디어 단원인 나는 학교에서 벌어지는 행사 등은 무조건 사진을 찍어두고 본다. 영상을 만들다 보면 자료 사진이 언제 어디서 쓰일지 모르기 때문이다. 다행히 라오스 사람들은 사진을 찍히는 데 대한 거부감도 없고, 초상권 침해다 뭐다 나중에 뒷말을 하지도 않는다. 사진이 많으면 많을수록 좋은 나로서는 이보다 다행인 일이 없다.

1학년 학생들은 낮은 포복을 하거나 나무 뒤에 위장을 하는 등 오늘 한번 옷을 더럽혀 볼 각오로 힘차게 군사훈련을 받았다. 교관들은 군복을 입고, 학생들은 알록달록한 사복을 입고 더러는 나무 막대기로 깎아 만든 총을 들었다. 막대기 총이 없는 학생이 훨씬 많았다.

한국에서도 예전에 교련시간이 있었다. 장교 출신인 선생님들이 고등학교에서 학생들은 모아놓고 제식훈련 등을 시키곤 했다. '앞으로 가' '뒤로 돌아 가' 뭐 이런 것을 하다가 남들과 다른 행동을 하게 되면 웃음거리가 되는 시간이기도 했다. 전체주의니 군사주의니 따위 이론을 들이대며 비판할 게 많지만, 라오스에서 하루하루 행복한 날을 보내고 있는 나로서는 '뭐, 그러면 또 어떠냐'는 생각이 들었다.

라오스의 교관들과 학생들도 특유의 여유를 가지고 군사훈련에 임하고 있었다. 먼저 먹는 것과 그늘부터 마련됐다. 학생들의 앞에는 큰 책상이 놓였고, 위에는 먹을 것과 음료수가 잔뜩 쌓여 있었다.
나는 한국에서 장교로 군에 입대했다. 진주군사훈련소에서 장교훈련을 받았던 나는 이날 라오스식 훈련이 정말 부러웠다. 내가 장교훈련을 받을 때는 정말 힘들었다. 일단 땡볕 아래에서 계속 뒹굴어야 했고, 조금만 어긋나도 바로 불려가서 심한 얼차려를 받았다. 음료수는커녕 물은 한 모금도 못 마시고 대여섯 시간을 훈련했다. 놀리려는 의도인지 한쪽 팔뚝 근육을 기르라는 의도인지 몰라도 마시지도 못하는 1.5리터짜리 물통을 들고 훈련했다. 절대 마시지 말라는 명령과 함께. 지금 생각해도 이해가 가지 않는다. 그뿐 아니다. 샤워는 3분 이내에 마치고 식사도 5분 안에 끝내야 하는 등 전체적으로 시간과 마음의 여유가 없었다. 몸이 힘든 것보다는 마음이 정말 힘들었다. 여유가 없어서….

라오스 사람들은 무슨 일을 해도 여유가 있다. 군복을 입고 총을 들어도 여유가 있다. 힘들게 훈련을 받다가 그늘에서 물 한잔 하고 다시 친구들과 함께 또 웃으면서 니간다. 총도 없고, 군복도 없고, 제대로 된 훈련장 하나 없어도 일을 즐기는 데 중요한 것은 있었다. 바로 여유다.

라오스의 택배 시스템

한국에서 택배가 도착했다고 해서 택배사에 갔다. 라오스는 택배를 보내면 지역에 있는 사무소까지 가서 직접 찾아가야 하는 시스템이다. 한국처럼 문 앞으로 반 발짝만 나가면 박스를 받을 수 있는 시스템이 아니다. 루앙프라방에서는 시내에서 걸어서 30분 정도 떨어진 택배 사무소에 걸어가서 박스를 뜯고 안에 있는 물건을 가방에 꾸역꾸역 넣어서 다시 30분을 걸어서 돌아와야 한다.

이번에는 물건이 많았다. 기생충약과 설사약을 비롯한 구급의약품과 모기장, 심지어 전기장판까지 도착했다. 동남아시아 국가에서 전기장판이 웬 말인가 하고 의아해할지 모르지만, 여기도 건기 때는 춥다. 특히 라오스 북부지역은 아침저녁으로 굉장히 쌀쌀하다. 씨엥쿠앙 등 고지대에 위치한 지역에서는 집에서도 파카를 입고 있는 경우도 많다. 따뜻한 나라다 보니 집안에 난방이 안 돼서 적지 않게 고생을 하는 단원이 많다고도 한다.

외교 택배박스에 물건이 한가득 들어 있었다. 등에 메는 가방만 가지고 나온 나와 다른 단원 한 분은 택배 사무실에서 박스를 열고 하나하나 가방에 넣는 작업을 해야 했다. 칼도 빌리고 박스를 하나하나 뜯었다. 그러면서 조금씩 불안해지기 시작했다. 한국이었으면 당연히 택배회사 직원 한두 명이 짜증을 냈을 것이고, 보다 못한 성격 나쁜 직원 한 명은 “나가서 하라”고 소리를 쳤을 만한 시간이 흘렀기 때문이다. 우리가 하는 짓을 가만히 보고만 있지는 않았을 것이다.

우리는 몇 번이나 직원들에게 물었다. 우리가 혹시 방해를 하고 있는 것은 아니냐고. 그들은 웃으면서 “전혀 방해가 되지 않으니 천천히 하라”고 했다. 그리고 박스도 자기들이 치울 테니 그냥 두고 가라고 했다. 이런 작은 친절이 살아가는 데 얼마나 윤활유가 되는지 모른다.
다 그렇다는 것은 아니지만, 나는 개인적으로 한국에서 화를 안 당하기 위해 스트레스를 받곤 했다. 다른 사람들이 화를 내지 않는데도 화를 당할 수 있다는 불안에 스트레스를 받았다. 내 탓이든 상대 탓이든, 공동체 안에서 꼭 있어야 할 서로의 신뢰가 부족한 때문일 것이다. 라오스도 급격하게 개발이 진행되면 어떻게 될지는 모르지만 아직 이런 공동체의 신뢰라든가 친절이 남아 있다.

아직도 나는 한국에서 학습한 타인에 대한 불안을 완전히 극복하지 못하고 있다. 하지만 여기서 1년이라는 시간을 보내면 치료가 될 듯싶다. 가방 한 가득 짐을 담아 어깨에 메고 양손에도 잔뜩 짐을 들고 돌아오는, 그 먼 30분 길이 전혀 힘들지 않았다.

앞에서도 얘기했지만, 나는 이곳에서 사진을 많이 찍는다. 특히 영상미디어 단워이라서 학교의 행사는 디 따라다닌다. 내가 특별히 담고 싶어 하는 사진은 학교를 떠나서라도 한 번씩 기억에 남을 것 같은 장면들이다. 아련하게 기억만 남고 이미지는 사라진 그런 장면들을 사진에 담고 싶다. 어떤 냄새나 어떤 소리 같은 것으로만 어렴풋이 기억 저편에 남아 있는 장면들을 사진에 담아 학교를 떠난 사람들에게 남겨주고 싶다.
내가 일하고 있는 대학교는 일선 학교에서 아이들을 가르칠 선생님들을 길러내는 곳이다. 우리 학교를 떠나 일선 교육의 현장에서 어려움을 겪을 때, 선생님이 되기로 결심했을 당시 품었던 생각들을 잊어버렸을 때 내가 담은 이미지를 보고 다시 기억해 냈으면 한다. '그때는 이런 생각으로 선생님이 되기 위해서 노력했지'라는 것을 기억했으면 한다. 인간은 무언가를 가지면 바로 그 사실을 잊어버리곤 하기 때문이다. 또 내 경험상 어떤 기억들은 평생을 살아갈 힘이 돼 주기도 하기 때문이다.

여기 사람들은 가난하지만, 아이 어른 할 것 없이 과거에 있던 나쁜 기억들은 금방 잊어버리는 것 같다.

비엔티안의 빠투사이

이와 달리 내가 경험한 부자 나라들에서는 조그만 상처를 평생 기억하려고 하고, 그 상처를 조금이라도 기억나게 하는 일이 생기면 그 대상이 전혀 딴사람이더라도, 또 새로운 일이 과거와 전혀 연관이 없더라도 무작정 달려드는 이들이 적지 않다. 물론 상처라는 것은 개인별 편차가 크다. 누구에게는 아무것도 아닌 일이 다른 누군가에게는 극복할 수 없는 상처로 남았을 수도 있다. 또한 의도했든 의도치 않았든 그 상처를 건드릴 만한 상황을 만든 것은 좋지 않은 일이다.

하지만 그렇게 나쁜 일만 평생 기억하며 살아가는 것이 가치 있는 일일까?

과연 인생을 좀 더 보람차게 살아가는 데 도움이 되는 일일까? 나는 모르겠다.

카메라 앞에서 천진난만한 라오스의 아이들

여기 아이들은 내가 사진기나 비디오카메라만 들이대면 신나서 포즈를 취한다. 어른들도 사진에 대한 거부감이 전혀 없다. 이런 영상이나 사진이 어디에 쓰이는지, 내가 왜 사진을 찍는지 알려고도 하지 않는다. 그저 그 순간 사진에 찍히는 자신의 모습만 신경 쓴다. 과거나 미래에 그 사진이 어떻게 영향을 끼치는지 생각하지 않는 듯하다.

과거는 어떻게 할 수 없고, 미래가 어떻게 될지는 아무도 모른다. 따라서 그냥 그 순간에 같이 있는 사람과 그 순간을 행복하게 즐기는 일이 더 가치 있다는 것이 내 인생론이다.

신종 코로나 바이러스 비상대책위원회 결과

사무소에서 2월 10일에 신종 코로나 바이러스 대응을 위한 비상대책 회의가 열렸다. 라오스 정부 입장, WHO(세계보건기구) 가이드라인, 코이카 본부 지침, 지역별 상황, 타 국제기구 조치현황 등을 다뤘다.

2월 18일까지 1단계 상황이 유지됐다. 따라서 2월 18일까지 내가 근무하는 루앙프리방 지역 단원들은 재택근무가 이어지게 됐다. 회의록을 살펴보았다. 코로나 확진자는 늘고 있으나 증가 추세는 한풀 꺾인 모양새이며, 데이터상 치사율이 높지 않다고 한다. 정부와 국제기구 등이 다양한 노력을 펼쳐 진정국면으로 돌입할 것으로 보인단다. 하지만 감염은 언제나 기본수칙을 지키지 않았을 때 발생하므로 철저한 개인 위생관리가 필요하다고 했다.

또 2020년 2월 10일 현재까지 라오스에 확진자는 없는 상황이며, 의심환자도 다른 국가에 비해 많은 수가 아니란다. 주요 지역에서 강도 높은 검역조사가 진행되고 있으며, 예방 차원의 대응방안을 강력히 시행하고 있어서 방역 조치를 '위험 2단계'로 상향 조정할 상황은 아니라고 했다.

하지만 공식적인 확진자는 없어도 중국과 국경이 맞닿아 있는 상황에서 철도와 고속도로 건설을 위해 지속적으로 중국인이 왕래하고 있어 조심해야 한다고도 했다.

라오스의 마을 풍경

또 코로나 바이러스 확산에 따라 휴가, 출장, 주말이동 등의 주재국 내 이동이 전면 금지되고 있다. 즉 내가 근무하는 지역에서 한 발짝도 못 나간다는 의미다. 아울러 사람이 많은 곳은 피하고 개인위생과 건강관리에 유의하라는 공지도 있었다. 코이카 봉사단원은 자신의 근무지를 벗어나 다른 지역으로 가려고 할 때는 사무소에 보고를 해야 한다. 주말이나 휴일에 다른 도시로 갈 때도 마찬가지다. 코로나 바이러스로 인해 이동의 자유가 원천봉쇄된 것이다. 아직은 새로운 지역에 정착한 지 한 달도 지나지 않은 '허니문' 기간이다. 우리 같은 신규 단원들은 괜찮을지 몰라도 1년 이상 지낸 선배들이 이번 조치를 어떻게 생각할지는 의문이다.

봉사일기

라오스 코로나 바이러스 사망자에 관한 루머

라오스에는 코로나 바이러스 확진자가 없다는 사무소 의견과 상반된 주장도 있었다. 한국 사람들이 사용하는 라오스 관련 인터넷 커뮤니티에 '라오스 긴급 코로나'라는 글이 올라왔다. 2월 7일 저녁에 올라온 글의 내용은 다음과 같았다.

방금 라오스 퐁살리에 거주하는 현지인 친구로부터 연락이 왔습니다. 중국과 맞닿아 있는 퐁살리에서 코로나로 6명이 사망했습니다. 오늘 환자 가족 모두 데리고 비엔티안으로 온다고 합니다.

라오스어로 된 인터넷 자료에는 '코로나 바이러스로 퐁살리에서 3명 사망, 의심환자는 24명. 사망자들은 피로와 어지러움, 기침, 발열 증상이 있어서 진단 샘플을 비엔티안으로 보냈다'고 나와 있었다.

라오스에 이미 감염자가 엄청나게 많을 거라는 댓글이 달렸다. 라오스는 중국과 국경을 맞닿은 지역에서 보따리장사를 하는 사람들이 많고 라오스 전체에 중국인들이 왔다 갔다 하는데, 이들을 통해 전염된 바이러스가 확산되는 것을 라오스 정부 의료시스템으로는 전혀 막을 수 없다는 내용이었다. 아마 4월쯤에는 수십만 명의 감염자에 수만 명의 사망자가 발생할 거라고 예측하기도 했다.

이런 내용들이 교민들의 커뮤니티에 퍼져 사람들을 불안하게 하고 있다. 의료시설이 한국보다 열악한 지역에서 살아가는 한국 사람들의 불안은 이해 가는 측면이 있다. 하지만 공식적으로 확인되지도 않은 사실을 지레짐작으로 확산시키는 것은 책임 있는 행동이 아니라고 생각한다. 라오스가 중국과 국경을 맞대고 있고, 의료시스템이 낙후된 것은 사실이다. 하지만 호흡기 전염병은 개인위생에 주의하면 예방이 가능하고, 이런 말을 옮기면서 라오스나 중국을 비난하는 것은 옳지 않다고 생각한다. 물론 이런 뉴스를 무시하고 생활하다가 폐렴에 걸릴 수도 있다. 하지만 나는 이런 소식에 전전긍긍하기보다는 하루하루를 열심히 사는 것을 택하고 싶다.

10.

활동지원물품 요청서 작성

활동지원물품 요청서를 준비하고 있다. 코이카 활동보고서는 1년에 두 번 자신이 어떤 활동을 해 왔는지를 종합적으로 사무소에 보고하는 보고서다. 그리고 활동지원물품 요청서는 봉사단원이 근무하는 기관에서 업무를 수행하는 데 필요한 물품 구입을 사무소에 요청하는 서류다. 어떤 물건을 사야 하는지, 왜 그 물건이 필요한지, 그 물건을 구입했을 때 어떤 효과가 기대되는지 등을 기입하면 된다. 품목과 단가·수량·금액을 기입하고, 구입한 물품을 어떤 용도로 어떻게 활용할 것인지 계획서도 작성해야 한다.

그런 뒤 견적서와 근무하고 있는 현지 기관의 기관장 지원요청서까지 받으면 끝이다. 나 같은 1년 단원은 1년에 1500달러까지 사용할 수 있고, 2년 파견 단원은 3000달러까지 사용할 수 있다. 돈은 홀수 달 신청하면 짝수 달에 지급되는 방식이다. 즉 3월에 신청하면 4월에 물품 구입대금이 지급된다.

어떤 물품이 필요한지는 단원이 개인적으로 판단하기보다는 기관 사람들과 의논을 거쳐서 구입하는 것이 보통이다. 기관에 따라서는 어떤 물품을 구입해 달라고 직접 요청하는 곳도 있고, 아무런 요청이 없는 곳도 있다고 한다. 나 같은 경우는 기관이 직접 요청한다. 우리 사무실의 매니저는 나에게 뭘 사 달라고 부탁하는 것이 약간 겸연쩍은지 사무실에서 점심을 먹이면서 이야기를 꺼냈다.
내가 소속돼 있는 정보기술과 파트 교수들과 행정 직원들이 사무실에 모여서 솥에 야채와 고기를 넣고 끓여 먹었다. 매니저가 사무실에 있는 냉장고를 열자 놀랍게도 맥주가 잔뜩 들어 있었다. 나는 매니저의 강권에 못 이겨 사무실에서 일하는 도중에 맥주를 두 캔이나 마시고 말았다. 내가 일했던 뉴질랜드 국세청 선배 직원의 말에 따르면 뉴질랜드에서도 30년 전에는 사무실 냉장고에 술이 가득 들어 있었다고 한다. 사무실에서 술도 마시고 담배도 피웠다고 한다. 30년이 지난 현재 라오스에서는 사무실에서 술은 먹어도 담배는 피우지 않는다. 불행 중 다행이다.

나는 길거리에서 담배를 피우는 사람들을 보면 눈살이 저절로 찌푸려진다. 타인에 대한 배려가 없다고 생각되기 때문이다. 하지만 라오스 사람들이 지금 사무실 안에서 담배를 피운다고 해도 이제는 화가 나지 않을 것 같다. 사람이 화를 내는 이유에는 외부적인 요인과 내부적인 요인이 있다. 그런데 라오스에 온 이후로 여유가 생겼기 때문에 짜증이나 화를 내는 경우가 급격하게 줄어들었다. 한국에 돌아가서도 이런 여유가 지속됐으면 하는 바람이다.

봉사일기

재택근무 1주일째

코로나 바이러스 탓에 시작된 재택근무가 1주일을 지나고 있다. 내 근무지는 대학교이기 때문에 집에 있으면 할 수 있는 일이 제한된다. 수업을 나가고 학생들과 만나는 일이 주된 업무이기 때문에 재택근무를 하려고 해도 할 게 없다. 그만큼 시간이 많이 생겼다.

나는 이 시간을 이용해 코이카 활동보고서를 작성하고, 앞으로 수행할 수업 계획서를 짜고 있다. 같은 지역에서 근무하는 단원들은 재택근무 때문

에 시간이 가지 않는다고 하는데, 나는 시간을 충실하게 보내고 있다. 그동안 미뤄왔던 활동보고서 작성을 하고 있으며, 라오스에 파견돼 올 미래의 후배 단원들을 위해서 이 글을 쓰고 있다. 이 글이 라오스에 파견돼 오는 단원들에게 얼마나 도움이 될지는 모르겠다. 시간이 지나서 상황이 바뀔 수도 있기 때문이다. 하지만 내가 처음에 겪었던 마음의 불편함을 후배들이 조금이나마 털어내는 데는 분명 도움이 될 것이다.

사람들이 새로운 환경에 처하고 새로운 일을 시작하면 처음에는 신이 나서 이것저것 해 보다가 시간이 지나 일이 익숙해질 때가 되면 좋지 않은 점이 조금씩 보이기 시작한다. 예전의 직장이나 예전에 편했던 상황과 비교를 해서 불만을 느낀다.

라오스의 아름다운 석양

나는 이 글을 읽는 분들이 내 글을 보면서 처음에 느꼈던 해외파견 근무의 신선함을 상기하기 바란다. 한국과 비교해서 느꼈던 좋은 점을 다시 발견해 내길 바란다. 다른 생각을 가지고 있는 사람들이 새로운 환경에서 함께 생활하면 불편한 점이 많고, 이는 서로에게 불만으로 쌓이기도 한다. 이때 필요한 것이 '초심(初心)'이다. 이 글을 읽으면서 해외봉사단원이 됐을 때 처음 느꼈던 신선함, 좋았던 점, 행복했던 일들을 기억해 내길 바란다. 그래야 불편과 불만을 누그러뜨릴 수 있다.

재택근무는 여유를 가지고 그동안 해왔던 일을 정리하게 해주었다. 변화된 생활과 그동안의 일을 정리하는 엄청난 장점이 있었다. 한 가지 어려운 점은 사람들과의 접촉이 급격하게 줄어들었다는 것이다. 한국에서 다른 사람들에게 둘러싸여 살 때는 모르겠지만 해외에서 혼자 살게 되면 다른 인간들과의 교류에서 얻을 수 있는 장점과 단점을 다시 생각해 보게 된다.
다른 사람들과 교류했을 때의 단점은 한국에서 살아가는 직장인들이 공감할 수 있는 부분일 듯하다. 우선 다른 사람들에게 휘둘리기 십상으로, 심지어 점심시간에 내가 먹고 싶은 것도 못 먹게 되기 일쑤다. 또 자신의 본모습을 숨기고 남에게 잘 보이기 위해서 꾸며야 한다. 한마디로 내가 하고 싶은 대로 못 하고 산다.

하지만 지인들에게 둘러싸여 살아갈 때 장점도 많다. 먼저 요즘 한국 사회에서 '혼밥'을 한다는 사람이 많은데, 사람들과 함께 밥을 먹으면 확실히 소화가 잘되고 과식하는 경향도 줄어든다. 또 무슨 일을 하든지 의욕이 생기며 규칙적인 생활이 가능하게 된다. 즉 다른 사람들과 접촉이 많으면 정서적으로 많이 안정된다. 내성적인 성격인 내가 그동안 애써 무시해 왔던 사실을 1주일 동안 대인접촉이 강제로 막힌 사이에 새삼 알게 됐다.

중국 상하이에서 근무하는 친구에 따르면 지금 중국 사람들은 최대한 집 밖의 외출을 줄이고 있다고 한다. 회사에도 나가지 않으며 슈퍼에서 식료품을 사는 것도 최대한 자제한다고 한다. 그러면서 서로에 대한 불신이 늘어났고, 집에서 다투는 사람들도 늘어났으며, 무엇보다 인터넷에 부정적인 정보가 늘어나고 확산 또한 빨라졌다고 한다.

어떤 일이든지 나쁜 점이 있으면 좋은 점도 따라오기 마련이다. 또 좋은 점이 있는 일에는 항상 나쁜 점도 같이 붙어 있다. 그런 게 세상의 이치다.

12

집 구하기

집을 구하는 일은 녹록지 않았다. 루앙프라방 지역은 특히나 집값이 세기로 악명이 높다. 일찍이 1995년 유네스코가 도시 전체를 세계문화유산에 등재했을 정도로 아름다운 곳이고 관광객들이 꼭 들르는 필수도시가 된 때문이다. 천년의 고도라 우리나라 경주처럼 여러 가지 개발제한이 있지만 관광객들은 늘고 있어 웬만한 집들은 다 관광객들의 편의시설로 변하고 있는 형편이다.

인기 예능 프로그램에 등장한 이후로 라오스를 찾는 한국 관광객들도 기하급수적으로 늘어 2010년에는 3만~4만 명이던 한국 관광객이 2014년에는 9만 6000명, 2015년에는 16만 5000명, 2016년에는 17만 명을 넘어서 한국은 태국·베트남·중국에 이어 라오스 방문자 수 4위의 국가가 됐다고 한다. 한국인 관광객 수는 2019년에는 2018년보다도 10.2%나 증가해 공식적 숫자가 나오지는 않았지만 20만 명을 넘길 거라고 한다. 또한 중국 쿤밍에서 1시간 반이면 비행기로 날아올 수 있기에 집을 빌려서 장기 거주하는 중국인도 많다고 한다.

루앙프라방에 렌트로 나와 있는 집

다행히 다른 라오스 지역보다는 넉넉한 한 달에 550달러라는 주거비가 주어져 있지만 대다수 집의 월세가 600달러가 넘어가는 상황이다. 이 정도면 게스트하우스나 조그만 호텔에 머무는 것이 더 저렴하고 편할 수가 있는데, 코이카 규정상 호텔 거주는 불가능하다고 한다. 다만 임지 파견 후 한 달간은 집을 구한다는 명분으로 호텔이나 게스트하우스에서 머무를 수 있다. 나는 지금 게스트하우스에 머물면서 집을 구하러 다니고 있다. 그러나 집이 마음에 들면 가격이 부담스럽고, 가격이 적당하면 집이 마음에 들지 않는다. 깨끗하고 가전제품까지 다 깔끔하게 갖추어진 곳은 600달러가 훨씬 넘어가고 그 반 정도의 가격에 얻을 수 있는 곳은 화장실뿐만 아니라 집 전체가 어두침침한 게 거의 귀신의 집을 연상시킨다.

오늘이 11일이니 집을 구할 여유는 1주일밖에 없는데, 좀 답답한 상황이다. 요즘이 날씨가 좋아 여행객들이 몰리는 성수기라 집 구하기가 더욱 힘든 듯하다. 어쨌든 오늘도 학교 주변에 빈집이 올라와 있지나 않은지 한 번 둘러보러 다녀야겠다.

루앙프라방 주택에 붙어 있는 렌트 광고

봉사일기

혼자 있는 시간이 길어지니 자신의 단점을 성찰하게 된다.

재택근무가 10일 넘게 지속되고 있다. 보고서를 작성하고 기관에 필요한 물품 사전조사를 하고, 그동안 활동일지를 정리하는 등 바쁘게 지내고 있다. 그렇다고 해도 혼자 있는 시간이 많아지다 보니 생각도 많아진다. 다른 사람과의 접촉이 급격하게 줄어드니 내가 가진 단점이 부각된다. 나는 무엇이든지 서둘러서 하려는 경향이 있는데, 남들과 같이 일을 하거나 같이 시간을 보내면 이런 성향이 좀 누그러든다. 다른 사람과 보조를 맞춰서 나가려고도 하고, 다른 사람의 말을 듣고 방향 수정을 하거나 생활의 속도를 조절하기도 하는 것이다.
그런데 요즘 주변에 사람이 없으니 혼자만의 속도에 또 속도가 붙어 브레이크 없이 달리고 있다. 이렇게 속도가 점점 높아져 운동을 하다가도 목을 다쳤으며, 며칠째 책도 안 읽고, 글을 쓰는 것도 너무 서두르다가 제풀에 지친 상태다.

나는 늘 혼자만의 시간을 필요로 했다. 코이카 해외봉사단의 일원으로 지원한 일도 혼자만의 시간을 가지고 싶다는 것이 큰 이유였다. 친구와 가족들에게서 떨어져서 온전히 나 자신을 발견하고 싶은 마음이 컸다. 무엇보다 나는 다른 사람들과의 관계에서 지쳐 있었다. 항상 남들에게 비치는 모습에 신경을 쓴 내 탓이었다. 좋은 가족 구성원, 좋은 친구, 좋은 동료가 되고 싶은 생각에 몸과 마음이 지쳐 버렸다. 내가 누구인지, 내가 무엇을 원하는지, 심지어 내가 무엇을 먹고 싶은지조차 모르는 생활이었다. 그런 상황에서 벗어나 나를 찾고 싶었다. 물론 라오스 사람들을 돕고 싶은 마음도, 영상미디어라는 전공을 살려서 라오스의 관광이나 교육 발전에 도움이 되고 싶은 바람도 적지 않았다.

해외봉사를 마음먹고 국내교육과 현지적응교육을 받는 동안에는 동료 단원들과 공동생활을 하는 통에 혼자만의 시간이 거의 없다. 하지만 임지에 파견을 오고 나면 오롯이 혼자 생활해야 한다. 혼자 집을 찾고, 혼자 밥을 챙겨 먹고, 혼자서 파견된 기관에 가서 일을 해야 한다. 여기에다가 최근 코로나 팬데믹으로 그나마 유지하던 최소한의 인간관계마저 단절이 됐다.
다른 사람의 눈치를 볼 일이 없으니 순간순간 내가 원하는 것을 하는 자유를 얻은 느낌이다. 하지만 그만큼 외로움이라는 것에 대해서 생각해 보게 됐다.

라오스에서 혼자 보내는 오후

국어사전들은 외로움을 "홀로 돼 쓸쓸한 마음이나 느낌"이라고 정의하고 있다. 정의를 내리기보다는 사람들과 함께 고민하기 위해서 편찬된 카피라이터 정철의 <사람사전>에서는 외로움을 "화려함을 등 뒤에 감춘 것"이라고 뜻풀이를 하고 있다. 즉 외로움을 '함께 보낸 화려했던 시간 뒤에 찾아오는 감정'이라고 설명한다. <사람사전>에서는 도시를 "수많은 혼자가 사는 곳", 혼자를 "가장 외로운 단어", 포옹을 "외로움 두 개를 치유하는 것"이라고 설명한다. 그리고 사랑을 "같이 있는 것, 같이 걷는 것, 같이 비를 맞는 것, 같이 우는 것, 같이 웃는 것"이라고 설명하고 있다.

한국에서는 코로나 바이러스로 주변인들을 두려워하는 코로나 포비아가 유행이라고 한다. 폐렴 바이러스가 확산되면서 다른 사람에 대한 불신과 경계가 커지고, 이것이 타인과의 갈등으로 표출된단다. 해외여행을 다녀온 사람들을 이기적인 인간으로 취급하고, 바이러스 감염자나 전파자를 적대시한다고도 한다. 그러잖아도 각박하고 팍팍한 한국인들의 일상이 다른 사람 때문에 조금이라도 지장을 받으면 더욱 예민하게 대응하는 상황이 된 듯하다. 한국 곳곳에 '기침·발열 손님 출입금지, 적발 시 퇴장 조치한다'는 글귀가 나붙었다고도 한다. 이제 다른 사람들 앞에서는 터져 나오는 기침도 참아야 하고, 서로 열이 있나 없나 감시하는 사회가 된 것이다. 대인관계 피로감이 쌓이고 사회 전체 긴장도도 높아지고 있는 듯하다.

다행히 라오스에서는 이런 사회적 긴장을 찾아볼 수 없다. 사람들은 여전히 나에게 친절하며, 기관에 잠시 들렀을 때 마스크를 쓰지 않은 기관 사람들이 나에게 언제부터 다시 출근하냐며 반갑게 손을 잡아준다.

이런 라오스 사람들을 보면서 깨달은 것이 있다. 외로움을 극복하는 방법은 '내가 먼저 사랑을 실천하는 것'이라는 교훈이다. 오늘 당장 밖에 나가서 다른 사람들에게 작은 사랑이라도 실천해 보려고 한다.

봉사일기

육체적으로 힘들면 고민하고 있던 복잡한 문제의 해답이 쉽게 보인다.

드디어 이사를 했다. 한 달 동안의 숙소를 찾는 기간이 끝나 무조건 현지 임대주택을 얻어야 했고, 마침 학교에서 가깝고 비교적 깨끗한 곳이 있어 이사를 했다. 주인 아저씨가 영어를 굉장히 잘했고, 주인 아주머니도 친절했다. 6개월 치 월세를 한꺼번에 내는 조건으로 전자레인지와 냉장고, 공부 책상 등 내가 필요로 한 물건들을 구비해 주셨다.

나는 아침부터 바삐 움직였다. 일찍 아침을 먹고 짐을 싸기 시작했다. 생각보다 짐이 많았다. 미리 사무실에 세 번이나 짐을 가져다 두었고, 이사 갈 집에도 한 번 가서 가방 하나를 두고 온 터였다. 그래도 이민가방 하나가 터질 정도로 가득 찼다.
'봉사단원이 30분 거리를 가려고 툭툭(오토 인력거 택시)을 탈 수 있나' 하는 이상한 오기가 생겨서 나는 그 큰 이민가방을 끌고 새 숙소까지 걷기로 했다. 날씨는 무척 더웠다. 그리고 짐은 엄청나게 무거웠다. 처음에는 곧잘 끌리던 가방이 10분 정도가 지나자 길에 턱턱 걸리기 시작했다. 20분쯤 끌고 가자 바퀴가 마모되기 시작하는지 뻑뻑했다. 이제 잘 끌리지도 않아 밀고 가는 수밖에 없었다. 1미터 정도로 쌓아올린 가방을 밀면서 걸어가는 외국인을 현지인들이 이상하게 쳐다보았다.
시간은 정오에 가까워지고 있었고 정말 무더웠다. 라오스 길거리를 걷는 사람은 외국인과 개밖에 없다더니, 정말 맞는 말이었다. 현지인들은 차를 타거나 오토바이를 타고 질주했고, 내 뒤에는 개들만 짖으며 따라오고 있었다. 원래 30분 정도 걸릴 거리가 1시간이 넘게 걸렸다. 그래도 결국은 숙소에 도착했다.

육체적으로 힘들다 보면 그동안 고민하던 복잡한 문제의 해답이 쉽게 보이는 경우가 있는데, 오늘이 그랬다. 나는 요즘 환경을 자주 바꿔야 행복해지는 나 자신에 대해 고민하고 있었다. 나는 직장을 여러 번 바꿨고, 직장에서도 다른 부서로 파견 가거나 계속 새로운 환경을 원했다. 이번에 코이카 해외봉사를 결심한 계기도 나 자신에게 새로운 환경을 주기 위해서였다.
라오스 생활은 처음에는 굉장히 낯설고 흥분되고 행복했는데, 벌써 3개월째 접어드니 또 새로운 환경을 원하는 고질병이 도졌다. 그리고 나의 가장 큰 단점인 서두르는 버릇이 나타나기 시작했다. 나는 일을 할 때면 '새로운

라오스의 임대주택

일에 적응해야 능률을 향상시킨다'며 무슨 일이든 서둘러서 처리하려고 하는 버릇이 있다. 지금이 딱 그랬다. 이제 라오스 생활도 어느 정도 적응이 돼 찬찬히 주위를 살필 법한데, 이런 현재를 즐기기보다는 무엇이든 목표를 정하고 그 목표를 빨리 달성하기 위해서 서두르고 있었다.

하지만 일을 서두르면 그 일에서 재미나 행복을 찾을 수 없는 법이다. 무엇을 성취하는 데만 몰두해 다른 재미나 행복, 인간관계는 뒷전으로 밀리고 마는 것이다. 그리고 그 일을 성취하면 또 금방 싫증을 내 다른 목표를 세우고 다른 일에 집중하게 된다. 다람쥐 쳇바퀴 도는 격이다.

오늘 짐을 끄는 일도 마찬가지였다. 짐을 끌고 오는 길에 보이는 풍경들, 사람들의 모습, 나를 따라오던 개 등등 재미있는 것들이 한두 가지가 아니었다. 하지만 나는 서둘러 새 숙소에 도착하려고 있는 힘을 다해 짐을 끄는 데만 몰두했다.

이렇게 서두르니 가방은 가방대로 망가지고 내 몸도 어깨와 목이 뻣뻣하게 뭉쳐 버렸다. 또 빨리 가려고 가방을 누르면서 밀다가 안에 든 태블릿과 컴퓨터를 고장 낼 뻔했다. 나는 아직도 예전 버릇을 전혀 고치지 못하고 있었다.

아무리 환경을 바꿔도 나 자신이 바뀌지 않으면 아무것도 바뀌지 않는다는 사실을 깨달은 하루였다. 내가 바뀌어야 다른 사람들도, 내 주위의 환경도 바뀐다는 것은 당연한 이치다. 나는 '이제부터라도 서두르는 버릇을 고쳐야 한다. 목표지향적인 모습도 약간의 수정이 필요하다'고 마음먹었다.

국외여행 가능!

국외여행이 가능하게 됐다. 원래 코이카 봉사단원이 파견국을 벗어난 곳으로 휴가를 떠나기 위해서는 최소 1년 이상 활동을 해야 가능했지만, 파견 후 6개월이 경과한 시점부터 파견국 외 휴가를 실시할 수 있다는 내용이 포함된 규정 개선 건이 있다는 소식을 전해 듣게 됐다.

동기들이 모여 있는 키톡방은 축제 분위기였다. 동기 봉사단원들은 머리를 굴리기 시작했다. 부모님이 그리운 '가정파'와 여행을 좋아하는 '역마살파'

로 나뉘었다. '휴가 일수를 모아서 만약 9월에 가면 한국에 계신 부모님을 보고 올 수 있다'거나 '두 번 나눠서 사용하면 몇 시간 걸리지 않는 태국과 베트남을 모두 방문할 수 있다'는 등의 의견이 오갔다. 나도 여행을 좋아하지만 한국에 가서 1년간이나 못 뵌 부모님과 친구들을 보고 싶었기에 한국에 가기로 결심했다.

근무를 마치고 집으로 돌아와 코이카 본부 규정과 라오스 사무소 내규를 살피며 머리를 굴리기 시작했다. 그 결과로 얻어낸, 최대한으로 휴가 시간을 최적화할 수 있는 방법은 이랬다.
우선 국내휴가를 써서 내가 근무하는 루앙프라방에서 비엔티안으로 이동한다. 그다음 날부터 국외휴가를 써서 비엔티안에서 한국으로 이동한다. 주말을 포함해 6일간 국외인 한국에 머무른다. 이 시점에서 국외휴가 4일을 소진한다. 그리고 비엔티안에 도착해서 다시 국내휴가를 쓰고 비엔티안에서 숙박한다. 다음 날까지 국내휴가를 쓰고 루앙프라방으로 돌아온다.

이 계획을 세우고 어이없게도 나 자신이 자랑스러웠다. 귀국을 두 달 앞둔 시점에서 왜 한국에 가느냐고 묻는 사람들도 있었다. 하지만 주위에 아무도 아는 사람이 없는 타지에서 6개월 이상 살게 되면 그동안 관계를 맺었던 사람이 소중해진다. 관계를 맺었던 사람들과 떨어져 있으면 같이 나눴던 추억들이 떠오른다. 평소 잊고 지냈던 같이 보낸 시간들을 생각하며 그 사람들이 더욱더 소중해지는 것이다. 마치 군대에서 전화를 걸어 "엄마, 사랑해요"라고 외치는 것과 같다.
물론 항상 보던 사람들과 항상 보던 환경에서 계속 생활하고 있는 엄마는 '얘가 왜 이러지?' 하고 의아해할 수도 있다. 이번 국외휴가도 마찬가지일지 모른다. 부모님은 "두 달 후면 볼 텐데 왜 쓸데없이 돈 낭비냐"라고 나무랄 수도 있다. 친구들 역시 "야, 너 11월에 돌아온다고 하지 않았냐? 벌써 귀국했어? 혹시 사고 친 거야?"라고 반응할지 모른다.

귀국을 두 달 앞둔 시점에서 여러 가지 계산을 하는 것이 어리석게 들릴 수 있지만, 나는 그들이 그립다. 돈이 문제가 아니고, 두 달 후에 다시 만난다는 시간이 중요한 게 아니다. 그 사람들이 보고 싶다는 내 마음이 중요한 것이다.

나이가 들면서 모든 일의 선택 기준을 돈과 시간으로 따지는 사람들을 자주 본다. 그들에게는 돈을 아낄 수 있고, 시간을 아낄 수 있으면 최적의 선택이 된다. 하지만 그런 선택이 쌓이다 보면 사람 냄새를 잃기 쉽다. 자신의 인간적 본성과 동떨어진 선택을 계속하면서 불행해진다. 자신도 모르게 스트레스를 받기도 한다. 하지만 정말 문제는 그들은 자신의 선택 기준을 아주 당연하게 생각한다는 것이다. 돈과 시간이 인간보다 중요하다는 인식, 그런 사고가 참 안타깝다.

고도로 산업화되고 물질화된 속칭 '선진국'에서 벗어나 1년 동안 라오스에서 산 나를 누군가는 '외계인'처럼 볼지 모른다. 하지만 나는 인간성을 잃고 살 때보다 지금 행복도가 훨씬 높아졌다. 내가 원하는 것이 무엇인지 순간순간 알 수 있고, 그중 내가 좋아하는 일을 선택하고 있다. 비록 돈은 없지만, 시간은 많으니까.

조금씩 매일매일 변화를 만들어 내면 되는 것이다.

이틀간 온종일 사무실에 혼자 있었다. 다른 교수들은 건강에 대한 회의가 있어서 다들 그곳에 갔다. 이틀간이나 이어지는 회의라 나도 잠깐 갔었는데, 준비된 간식만 조금 먹고 바로 돌아왔다. 100퍼센트 라오스어로 진행되는 회의라 전혀 이해할 수 없었기 때문이다.

내가 근무하는 대학교는 회의나 워크숍이 많다. 대학교 자체에서 열리는 회의도 많고, 외부에 참여하는 워크숍도 많다. 또 외부에서 손님도 가끔 오

라오스에서 회의가 끝난 후 회식하며 한 컷

므로 그들과 진행하는 회의도 많다. 다른 공공기관이나 고등학교 등의 교육기관에 파견된 단원에게 물어보니 그곳도 마찬가지라고 했다.

회의에 참여하다 보면 내 현지어 실력이 부족하다는 사실을 매번 깨닫는다. 같은 사무실에서 근무하고 있다고 해도 봉사단원들은 아무래도 현지어가 부족하다. 특히 전문적인 내용을 가지고 논의하는 회의에서는 현지어의 부족함을 더욱더 느낀다. 어떤 분야에 대한 언어지식은 단기간에 쌓을 수 있는 것이 아니다. 현지인들도 전문 분야의 회의에서 완벽하게 내용을 알아듣고 자기의 의견을 말하기가 쉽지 않다. 그 나라에서 정상적인 교육을 받고 전문 뷰야에서 고등교육을 받아야 회의에서 제대로 남들과 의견을 교환할 수 있다는 것이 내 생각이다.

그런데 다른 봉사단원들은 회의에 한 번 갔다 올 때마다 현지어를 더 열심히 공부해야겠다고 조바심을 낸다. 하지만 나는 내가 회의에서 90% 이상 못 알아듣는다는 사실을 당연하게 받아들이고 서두르지 않기로 마음먹었다. 언어라는 것이 10년을 걸려도 완벽하기가 힘든데, 조바심을 내면서 스트레스를 받는다고 나아질 리가 없기 때문이다.

물론 나도 날마다 조금씩 라오스어를 공부하고 있고, 부족하지만 사무실 사람들과 라오스어로 대화를 나누고 있다. 또 코이카 사무소에서 현지어 학습비로 임지 파견 후 6개월 동안 600달러를 지원해 준 덕에 옆 사무실의 국제지원담당 직원분과 매일 2시간씩 라오스어 과외를 받고 있다. 매일 새로운 단어가 들리면 수첩에 적어 놓았다가 과외 선생님께 물어본다. 일도 그렇고 언어도 그렇고 조바심을 내면서 서두를 필요가 없다고 생각한다. 게으름을 피우라는 얘기가 아니다. 조금씩 조금씩 매일매일 변화를 만들어 내면 되는 것이다.

절대로 가르치려 들어서는 안 된다.

지금 시간 오전 10시 47분, 사무실에는 나 외에 아무도 없다. 우리 대학교의 공식 출근시간은 오전 8시다. 월요일마다 대학 본부 앞에서 진행하는 아침조회는 정각 8시에 열린다. 하지만 조회가 없는 날은 출근시간이 들쑥날쑥하다. 바쁜 일이 있는 사람은 8시 전에 오는 경우도 있고, 어떤 교수님은 9시가 훨씬 넘어서 오는 경우도 있다. 거의 대부분 출근시간을 30분쯤 넘긴 시간에 한둘씩 등장한다고 보면 된다.

대학교에서 하는 아침조회

9시쯤이 됐을 때는 '오늘은 다른 교수님들이 유달리 늦는구나' 하고 생각했다. 하지만 10시쯤이 되자 다른 생각이 들기 시작했다. 먼저 어제 수학교수님 중 한 분이 "오후에 회의가 하나 열리는데, 갈 생각이 있느냐"고 물었었다. 나는 "어떤 내용이냐"고 되물었고, "대학교 정보통신에 관한 것으로 100퍼센트 라오스어로 진행된다"고 했다. 내 업무에 조금이라도 관련이 있는 내용이면 모르지만 업무와 관련이 없는 내용을 99퍼센트 못 알아들으면서 시간낭비를 할 수는 없었다. 나는 "지금도 열심히 라오스어를 공부하고 있으니 6개월쯤 지나면 회의에 적극 참여하겠다"고 답했다. 어쩌면 어제 진행된 회의가 오늘까지 이어질 수도 있었다.

사무실에 아무도 없으면 유혹이 많아진다. 한국에서는 회사 업무 중에 작은 윈도 창을 열어놓고 주식을 하는 사람들도 있다. 숨어서 인터넷 쇼핑을 하는 사람들도 많다. 여기도 딴짓을 하는 사람들이 많은데, 한국과는 분위기가 사뭇 다르다. 아주 사교적이다. 주변 사람들과 잡담을 나누거나 먹을 것을 들고 와서 나눠 먹는 식이다.

사무실에서 나눠 먹은 라오스 음식

나는 사무실에서 사교적으로 노는 행동들은 업무에 도움이 된다고 생각한다. 이렇게 관계가 돈독해지면 나중에 업무 협조도 원활히 이뤄지기 때문이다. 또 잡담을 나눌 때 서로의 일에 대해 물어보고 아이디어를 얻기도 한다. 같이 진행할 수 있는 부분이 있거나 서로 도움이 필요한 부분에 대한 정보를 나누기도 한다.

하지만 혼자서 주식을 하거나 쇼핑을 하는 것은 전혀 업무에 도움이 되지 않는다. 오히려 업무에 방해가 된다. 한국에서 일하는 한 외국 직원이 "한국 관리자들의 하루는 아랫사람들이 무슨 일을 하는지 감시하다가 끝나는 듯하다"고 했던 말이 떠오른다. 그 외국 직원의 말처럼 '혼자 숨어서 딴짓을 하는 사람들과 그들을 감시하는 사람들'이 한국 기업들의 보편적인 모습은 아니겠지만, 만약 그런 기업이 있다면 처방전이 필요하다.

그런 관계에서는 불필요한 스트레스가 쌓이고 업무시간은 무한정 늘어난다. 관리자와 실무직원들이 서로를 못 믿다 보니 결재에도 시간이 많이 걸린다. 동료 직원들끼리도 마찬가지다. 서로 불신하는 관계가 되다 보니 정보 공유도 안 되고 필요할 때 협조도 안 이뤄진다. 그래서는 회사의 발전을 기대할 수 없다.

한국인들 중에 라오스에 와서 이곳의 비효율적인 시스템을 비판하는 이들이 더러 있다. 그들은 한국이라면, 한국에서는 이렇게 한다는 식으로 가르치려 든다.

하지만 내 개인적인 생각으로 한국이 라오스보다 월등히 뛰어난 시스템을 갖추고 있는 것 같지는 않다. 또 한국의 시스템이 여기에서 잘 작동하리라는 보장도 없다. 한국이 라오스보다 위대하다는 인식은 정말 옳지 않다.

우리가 임지에 파견되기 전에 코이카 라오스 사무소 소장님이 해 주신 말씀이 있다. "절대로 가르치려 들면 안 된다"는 것이다. 서로 배우는 자세가 필요하다는 얘기다. 서로의 좋은 점은 배우면 되고, 나쁜 점은 그렇게 하지 않겠다고 또 배우면 되는 것이다. 나는 이 자세만 가지면 다른 나라의 사람들과 원만하게 생활할 수 있다고 생각한다.

나는 그동안 두 곳의 다른 나라 문화에서 근무했다. 첫 번째 근무지는 미군기지였고, 두 번째 근무지는 뉴질랜드 국세청이었다. 그때는 이런 자세를 몰랐다. 다른 나라 사람들의 문화를 비판했고, 내가 가진 문화가 옳다고 생각했다. 그래서 업무적으로도 문화적으로도 부닥치는 경우가 많았다.
이번에는 이런 실수를 하지 않겠다고 몇 번이나 결심했다. 이 생각이 봉사를 마치는 올해 11월까지 이어질지는 모르겠다. 하지만 계속해서 이 말을 기억할 것이다.

'절대로 가르치려 들어서는 안 된다.'

코이카 라오스 사무실에서 소장님과 함께

봉사일기

이제부터 내가 존재할 공간

사람은 누구나 자신의 공간을 필요로 한다. 봉사활동을 하러 온 봉사단원들에게도 해당 기관에서 근무할 공간이 주어진다. 나에게는 루앙프라방 교육대학 ICT(정보통신기술) 파트의 사무실이 배정됐다. 신문방송학과나 영상미디어학과가 개설돼 있지 않은 교육대학에서 가장 연관성이 있는 파트가 ICT 파트였다.

사진에서 보는 것처럼 학교 전체에 와이파이를 공급하는 기기가 내 사무실

사무실의 내 자리

에 있었다. 와이파이 설비는 일본의 해외봉사 원조 기관인 자이카(JICA)가 설치해 준 것으로, 기기 곳곳에 자이카 스티커가 붙어 있었다. 이 기기가 사무실에 위치하는 바람에 좋은 점과 나쁜 점이 있었다. 좋은 점은 기기가 과열될 것을 두려워한 교수님들이 항상 우리 사무실을 시원하게 유지한다는

학교 전체에 와이파이를 공급하는 기기

점이었다. 열대지방에 속하는 라오스의 사람들은 나보다 훨씬 더위에 강했다. 정말 후텁지근한 날에도 에어컨을 틀지 않고 근무하기도 했으며, 내가 에어컨 온도를 조금이라도 내리면 춥다고 야단이었다. 하지만 이 와이파이 기기 덕에 무덥게 책상에 앉아 있어야 하는 일은 없었다.

나쁜 점도 있었는데, 와이파이가 고장 나면 민원이 많이 발생한다는 점이었다. 사무실의 '시티삭'이라는 교수님이 이 와이파이 기기 담당이었는데, 그 교수님이 있을 때는 문제가 되지 않았지만 수업 중이거나 휴가라도 가면 사무실의 누군가는 와이파이 기기를 고쳐야 했다. 이 기기는 내 예상보다 훨씬 더 자주 고장 났는데 나도 몇 번이나 고친 적이 있다. 대개는 껐다가 다시 켜면 신호가 잡히곤 했는데, 경우에 따라서는 이 방법이 통하지 않아 애를 먹었다. 옛날 TV를 고치는 식으로 한 번 툭툭 쳐 볼까도 생각했으

학교 사무실을 청소하는 학생들

나 만약 그러다 크게 고장이 나면 고스란히 내가 변상해야 할 것 같아서 조심스럽게 다루었다.

내가 적응하지 못한 라오스 대학교 문화는 사무실 청소였다. 가끔씩 학교 전체를 청소하는 시간이 있었는데, 우리 사무실에는 학생 서너 명이 들어와서 청소를 해주었다. 흙먼지가 많이 날리는 라오스의 특성상 사무실에 먼지가 많았는데, 학생들이 청소를 해주는 바람에 사무실 청소로 점수를 따자는 내 계획이 물거품이 돼 버렸다.

우리 대학교의 사무실만 그런지 다른 대학교 사무실도 마찬가지인지 잘 모르겠지만 학생들에게 청소 서비스를 받는 것이 그리 편하지는 않았다. 또 교수님들 중에는 아침을 못 먹었다며 학생들에게 아침거리를 사다 줄 수 있겠냐고 부탁하는 분도 있었는데, 이 이야기를 한국 사람들에게 이야기했

사무실에 들어온 말벌을 잡는 교수님

더니 한국에서도 예전에는 그런 문화가 있었다고 했다. 한국에서도 선생님과 제자 사이의 위계질서가 엄격해서 예전에는 학생들이 선생님을 모시는 문화가 있었다고 했다. 계속해서 느끼는 것이지만, 지금의 라오스와 옛날의 한국은 공통점이 참 많다.
하루는 재미있는 일이 있었다. 사무실에 말벌이 난입한 사건이다. 나무로 지어진 건물이라 여기저기 벌레도 많고 숨겨진 벌집도 있는 듯했다. 말벌은 쏘이면 치명상을 입을 수 있어서 빨리 죽여야 한다는 결론이 났다.

'오늘은 뭐를 할 거냐?' '내일은 뭐하냐'며 나에게 관심이 많던 교수님 한 분이 먼저 빗자루를 들고 일어섰다. 처음에는 사무실 밖으로 쫓아내어 방생하려는 듯했다. 라오스는 불교국가이기 때문에 사람들이 곤충이라도 함부로 죽이지 않는다. 그 교수님도 이리저리 벌을 쫓아 문밖으로 몰아내려고 했다. 그게 여의치 않아서 10분 넘게 허공에 빗자루질을 했는데, 문이 사무실 공간에 비해서 너무 작았다. 사무실 천장을 구석구석 쓸다시피 한 교수님은 이제 안 되겠다 싶었는지 벌을 죽이려고 빗자루를 마구 휘둘렀다. 나는 그 모습이 어찌나 우스운지 박장대소를 터뜨렸고, 심각하게 벌을 잡으려던 다른 교수님들도 웃음을 터뜨렸다. 조그만 일에도 웃을 수 있는 여유가 참 좋다.

봉사일기

한국에서는 취미생활도 무엇에 쫓기는 것처럼 해야 했다.

지금 나의 유일한 취미는 독서와 운동이다. 해외 봉사활동을 하면서 취미를 가지는 것은 무척 중요하다. 취미가 없으면 무기력해지거나 쓸데없는 짓을 하기 쉽기 때문이다. 가장 나쁜 사례는 한국에서처럼 술을 먹는 것인데, 처음에는 현지 기관 사람들과 어울려서 술을 마시다가 말이 잘 통하지 않으니까 결국에는 한국 사람들을 찾아서 밤마다 술을 마시게 된다. 처음에는 금요일이나 주말에만 만나서 마시다가 횟수가 점점 늘어 매일매일 한국 사람들끼리 모여서 밥을 먹는다는 핑계로 술을 마시는 이들이 있다는 소리를 들었다.

라오스는 맥주가 '국민 음료수'라고 할 정도로 싸서 현지인들도 하루가 멀다 하고 맥주를 마신다. 나는 절에 다니는 것도 아니고 예전에는 술을 즐겨 마셨지만, 봉사를 하러 외국까지 와서 한국에서처럼 행동하기 싫어서 처음부터 같은 지역에 사는 한국 사람들에게 "나는 술을 마시지 않을 것"이라고 확실히 말해두고 이를 행동에 옮겼다. 이후 술을 마시지 않는데도 몇 시간씩이나 같은 자리에 앉아 있는 일이 고역이었고, 그러다 보니 자연스럽게 한국 사람들과의 모임 자리에 나가지 않게 됐다. 고맙게도 같은 지역에서 봉사활동을 하는 코이카 단원들은 이런 나를 이해해 주었다.

그래서 주로 하게 된 일이 독서와 운동이었다. 한국에서 가져온 책은 벌써 다 읽었다. 또 봉사를 오기 전에는 태블릿이나 핸드폰으로 전자책을 보면 될 줄 알았으나 이는 큰 착각이었다. 스마트기기는 정보가 너무 많고, 책을 몇 장 읽다가 바로 다른 정보를 찾는 등 딴짓을 하는 나를 발견한 것이다. 그렇게 몇 시간씩 낭비한 이후 전자책은 읽지 않기로 했다.

독서는 사무소에서 도서를 대출하는 방법과 직접 구매해서 읽는 방법이 있다. 코이카 사무소가 있는 비엔티안에서 활동하는 단원들이 내 눈에는 운이 좋은 편으로 비친다. 코이카 사무실에 독서실이 있고, 신간을 비롯해 꽤 많은 책이 구비돼 있기 때문이다. 2년 활동하는 기간에 열심히 읽어도 다 읽지 못할 양이다.

비엔티안에 있는 단원은 직접 사무실에서 도서를 대출하면 되고, 지방에 있는 단원은 우편으로 대출을 할 수 있다. 매달 1~2일 코이카 라오스 사무소 홈페이지의 토론 게시판에 올라오는 <도서 신청하세요>라는 글에 댓글로 신청을 하면 된다고 했다. 신청된 도서는 매월 3~4일에 취합한 후 지역마다 우편으로 발송하며, 도서 반납은 사무소 도착일 기준으로 매달 28일까지라고 했다. 반납은 우편이나 차편으로 할 수 있고, 발송에 소요되는 비용은 영수증을 사무소에 제출하면 추후 비용을 지원한다고 했다.

루앙프라방에 있는 외국서적 도서관

아이들이 복싱을 하는 모습

하지만 아무리 기다려도 도서 대출에 관한 글이 올라오지 않았다. 그래서 사무소에 문의했더니 잠정적으로 우편 도서대출 서비스가 중지됐다고 했다. 몇 달에 한 번은 사무소에 모일 일이 있으니 그때 대출하라고 했다. 4월에 있는 안전집합교육까지 한 달이 넘게 남아 있었으나 다행히도 임지 파견을 올 때 대출해 온 엄청나게 두꺼운 톨스토이의 책이 있었다.

그리고 또 하나 다행인 것이 루앙프라방은 외국인 관광객이 많아서 외국서적 도서관이 두 곳이나 있었다. 영어나 프랑스어로 된 책이 대다수였지만 나는 뉴질랜드에서 오래 생활해서 영자 책을 읽을 수 있었다. 도서관을 방문했더니 중고 책을 구입하려면 5만 낍(약 7000원), 다른 중고 책을 가지고 와서 교환하면 2만 낍(약 2800원)이라고 했다. 마침 나에게는 다 읽은 책이 있었고, 그 책을 가지고 가서 2만 낍을 주고 새 책으로 교환했다. 돌아오는 길에 '아껴 읽어야겠다'고 다짐했다.

라오스의 피트니스센터

또 다른 취미인 운동도 열심히 하고 있다. 루앙프라방에는 운동을 할 수 있는 피트니스센터가 두 곳 있다. 임지로 파견을 오자마자 한 곳에 월간 회원권을 끊었다. 먼지가 많고 좀 오래된 곳이었지만 내가 임시로 거주하는 게스트하우스에서 가까워서 선택한 곳이었다. 하루만 이용할 때는 1만 5000낍(약 2100원), 한 달 이용권은 20만 낍(약 2만 8000원)이었다. 이틀에 한 번씩 꾸준히 갈 게 분명했으므로 나는 한 달 이용권을 끊었다. 주인 아주머니와 아기 두 명이 지키고 있는 가족적인 곳이었다. 오후 3시에 문을 열어 8시에 닫는다고 했는데, 3시에 가도 문을 열지 않은 적이 있었으며 7시에 갔지만 문을 닫은 적도 있다. 더운 날씨에 몇 번이나 헛걸음을 했다. 한국 같았으면 "이런 식으로 영업하느냐"고 따질 만도 했는데, 라오스니까 여유롭게 왔다 갔다 운동한 셈치고 그냥 넘어갔다. 기구도 상당히 오래돼 다칠까 봐 우려됐고, 한 달이 끝나갈 무렵에는 아주머니들을 대상으로 헬스수업이 진행돼서 같이 운동을 하기가 불편해 연장을 하지 않았다.

둘째 달부터는 근무하는 대학교 근처에 있는 피트니스센터로 옮겼다. 그달부터는 학교 근처에 숙소를 찾아서 새 피트니스센터가 5분 거리에 있었고, 시설도 예전 장소보다 훨씬 깨끗했다. 가격은 비슷했다. 하루 요금은 예전 피트니스센터처럼 1만 5000낍이었지만 월회원권은 예전 장소보다 조금 비싼 25만 낍(약 3만 5000원)이었다. 하지만 기구들이 새것이라 안전했고, 무엇보다 러닝머신 앞에 유리창이 크게 나 있어서 달리면서 바깥을 바라보는 것이 기분 좋았다.

새로운 곳은 운동하는 청년들이 많았다. 다른 사람들도 많은 데 러닝셔츠만 입고 편하게 운동을 하는 모습이 좋았다. 한국 같았으면 운동하러 갈 때 스포츠용품 매장에서 옷부터 사는 것이 기본이었다. 하지만 이곳에서는 나도 다 떨어진 운동복을 입고 편하게 운동을 할 수 있었다. 짐을 보관할 수 있는 로커와 땀을 닦을 수 있는 수건은 무료로 제공됐고, 물은 구입해야 했다. 라오스는 어디든 정수기를 갖춘 곳이 드물기 때문에 당연했다. 가격은 슈퍼에서 사는 것과 똑같았지만 나는 매번 물을 사 먹기보다는 집에서 정수하고 끓인 물을 들고 갔다.

해외봉사 생활에서 좋은 점은 무엇을 하든지 여유가 있다는 것이다. 예전에는 다음에 할 일이 있었기 때문에 '언제까지 운동을 할 것'이라고 시간을 정해 놓고 했다. 하지만 여기에서는 지칠 때까지 운동을 할 수 있어서 좋다. 운동을 하다가 도저히 계속할 수 없을 정도로 지치거나 배가 고파지면 집으로 간다.

한국에서는 취미생활도 다음 스케줄에 얽혀서 무엇에 쫓기는 것처럼 하곤 했다. 하지만 라오스에서는 취미생활을 말 그대로 하고 싶을 때 하고 싶은 만큼 할 수 있었다. 운동을 갔다 와서 새롭게 구한 집 정원에서 시원한 바람을 맞으며 독서를 할 때는 정말 행복하다는 느낌을 받는다. 언젠가는 이것도 일상이 돼서 행복감이 덜해지겠지만 당분간은 즐길 생각이다.

봉사일기

뉴질랜드로부터의 이메일

뉴질랜드 예전 직장의 친구들로부터 이메일이 왔다. 한 명은 아직 미혼인 남자이고, 다른 한 명은 이미 결혼해서 아이를 다섯이나 가진 여성이었다.

남자 직원의 이름은 '벤'으로 거의 내가 키웠다고 해도 과언이 아닐 정도로 샌님이었다. 벤은 내가 3년 차 직원으로 있을 때 우리 부서에 새로 배정을 받았다. 내가 근무하던 곳은 뉴질랜드 국세청이었고, 우리 부서는 'Community Compliance(커뮤니티 컴플라이언스)'라고 한국 국세청으로 치면 '납세자 보호담당관실'에 해당한다.

벤은 뉴질랜드 국세청 콜센터에서 3년 정도 근무했지만 세금에 대한 전문 지식이 없었다. 우리 부서에서의 일은 회계사 자격증이 필수는 아니지만 상당한 세금지식이 필요했으므로, 내가 그의 멘토가 돼 A부터 Z까지 다 가르쳤다. 우리 부서의 큰 역할 중 하나는 세무세미나를 진행하는 것이었는데, 나는 워크숍 종류별로 그를 데리고 다니면서 하나하나 보여주며 가르쳤다. 회계법인들 대표를 만나서 상담하는 법이나 회계법인 관리하는 것도 내가 가르쳤으며, 개인이나 작은 회사들의 회계감사를 하는 방법부터 지하경제 자금을 조사하는 것까지 내가 철저하게 가르쳤다.

그러던 그가 내가 일을 그만둔 뒤 조사과의 Investigator(인베스티게이터), 즉 조사요원으로 발탁됐다. 자금 추적이나 회사 뒷조사에는 영 센스가 없었지만 관심이 많았기에 나는 그가 언젠가는 조사과로 옮길 거라고 예상은 했었다.

그의 이메일은 아니나 다를까 회계 쪽에 종사하는 사람들의 메일다웠다. 돈으로 시작해서 돈 이야기로 끝내며, 이메일의 마지막에는 라오스 사람들이 어떻게 행복한지를 물었다.

나는 어떻게 대답을 해야 할지 며칠을 고민했다. 그의 연봉은 우리 대학 총장 연봉의 20배가 넘었고, 이메일의 내용으로 보면 내가 코이카에서 받는 한 달 생활비는 그가 초과근무수당으로 받아서 술집에서 뿌리는 돈보다 훨씬 적을 것 같았다.

나는 "예전의 생활이 전혀 그립지 않다"고 했다. 나는 정말 뉴질랜드 생활이 그립지 않다. 물론 그때는 주말마다 다른 도시로 여행을 가고, 분위기 좋은 곳에서 맛있는 것을 먹고, 1년에 서너 번씩이나 유럽이든 어디든 해외여행을 갈 정도로 여유가 있긴 했다. 하지만 마음의 여유는 정말 없어서 매순간 숨이 턱턱 막히는 생활이었다.

라오스에는 뭔가에 급급해하는 사람들이 없다. 일의 마감기한을 놓칠까 봐 급급해하는 사람도 없고, 회계법인 대표를 못 만났다거나 어떤 체크리스트를 완성하지 못했다고 해서 서로 비난하고 질투하는 것은 상상도 못 할 일이다. 물론 '그런 태도로 일을 하니 생산성이 떨어져서 힘들게 사는 것'이라고 하면 할 말은 없다. 하지만 경제가 좋아서 돈을 많이 받고, 생산성을 높여 매일매일 정해진 일을 숨을 헐떡이며 끝낸다고 해서 얼마나 더 좋은 인생인지는 잘 모르겠다.

라오스의 싱그러운 녹음

나는 "라오스라는 나라에서 많은 것을 배우고 있고, 라오스 사람들에게서 더 많은 것을 배울 듯하다"는 내용으로 이메일을 마무리했다. 그건 진심이었다. 나는 행복해지고 싶었고, 돈보다는 시간을, 시간보다는 마음의 행복을 찾을 생각이기 때문이다.

결혼해서 아이가 다섯이나 있는 '타시'라는 여자의 이메일은 내 예상대로 진급에 대한 이야기로 가득했다. 그는 Transaction(트랜잭션)이라는 고객 세무상담 부서에 있다가 우리 부서에서 우리를 도와주며 세무상담을 하는 일을 오래 했다. 최근에는 승진해서 아주 바쁘다고 했다. 또 '벤'이 조사과로 옮긴 일, '엘리자베스'라는 친구가 안전 관련 애널리스트로 승진한 소식도 전해 주었다.

타시의 남편도 우리 부서에서 근무한 적 있어서 나는 타시의 아이들과 그의 남편에 대해서 묻고 이메일을 마무리했다.

많은 사람이 돈과 권력에 집중한다. 유럽이나 미국, 부유한 아시아 국가들의 사람들이 특히 그렇다. 돈과 권력은 두 사람 이상이 모여 있는 정치적인 관계에서 중요해진다. 즉 다른 사람이 없는 산골에 들어가 자연에서 나는 나물이나 캐 먹고 산다면 돈이나 권력은 아무런 필요가 없는 것이다.

미국이나 유럽에서 최근 들어 가족이나 친구관계, 지역사회의 유대관계 등을 강조하는 목소리가 커지고 있지만 나는 이것도 정치적인 행복을 추구하는 일환이라고 생각한다. 내가 느낀 라오스 사람들은 선진국의 사람들보다 더 자기 자신에 집중한다. 사람들은 이런 성향이 소승불교의 문화를 가지고 있는 동남아시아 사람들의 특징이라고 지적하는데, 나는 그런 성향이 나쁘다고 생각하지는 않는다.

가속되는 산업화 속에서 하루가 다르게 변화하는 한국이나 개인주의적 성향이 강하다는 미국과 유럽문화권에서는 남의 시선 때문에 불편을 겪는 일이 늘고 있단다. 옆집 사람들에게 이상한 이웃으로 낙인찍히고 싶지 않아서 싫어도 매주 주말 잔디를 깎고, 이웃이 신고할까 봐 자기가 기르는 반려동물들에게 작은 야단도 못 친다.
그렇게 소위 문명화된 기준에서 보면 2020년 라오스 사람들의 행동은 야만적일 수 있다. 아이들을 때리면서 키우는 것이나 굶어서 눈이 노래진 개들이 길거리를 돌아다니는 것이 그렇다. 비즈니스를 할 때도 시간관념이 없는 직원들이 그러하며, 경쟁심을 가지고 남보다 열심히 하려고 하지 않는 학생들이 그렇다.

하지만 나는 이런 성향 덕에 라오스인 개인 하나하나가 정신적으로 많이 안정돼 있다고 생각한다. 쓸데없이 남의 의견을 신경 쓰지 않으니 좀 더 자신을 드러낼 수 있고, 남에게 크게 피해가 가지 않는 이상은 자기가 하고 싶은 것을 한다. 자기가 할 일이 없으면 옆의 직원이 보고 있든 없든 고객이 보든 말든 자기가 하고 싶은 일을 한다. 심지어 식당에서 할 일이 없는 직원이 손님을 받을 테이블에 앉아서 콧구멍을 파는 모습도 보았다. 한국 같았으면 식당 주인의 불호령이 떨어졌을 것이다. 한국에서는 아예 할 일이 없어도 식당 종업원이라면 이리저리 왔다 갔다 하든가, 세팅을 하든가, 정 할 일이 없으면 닦았던 테이블이라도 다시 닦아야 한다.

나는 이곳에서 나에게 왜 여유가 생겼는지 그 이유를 하나 더 찾았다. 남들도 나에 대해 크게 신경 쓰지 않고, 나도 남들에 대해 크게 신경 쓰지 않기 때문인 것 같다. 한국에 돌아가서도 이런 태도를 계속 유지할 수 있을지는 잘 모르겠다. 내가 이런 태도를 유지하려 해도 주위 사람들이 나를 가만두지 않을 것이기 때문이다. 하지만 이런 태도가 개인의 행복을 찾는 일에, 좀 더 자신답게 사는 데 도움이 된다는 사실은 확실히 알았다. 그게 수확이라면 수확이다.

봉사일기

21.

라오스 체육대회에서는 스포츠 중계를 하는 사람이 더 열심히 한다.

내가 근무하는 대학교에서 열린 체육대회에 처음으로 참석했다. 체육대회라고 해서 특별할 것은 없었다. 라오스의 대학교에서는 수요일에 어떤 행사를 하는 경우가 많다. 가끔은 다 같이 청소를 하기도 하고, 운동을 하기도 한다. 며칠 전부터 배구를 한다고 다른 교수님들이 나에게 말해 주었다. 점심을 먹고 와서 2시쯤 되자 교수님들이 옷을 갈아입기 시작했다. 전통 치마와 양복을 입고 있던 사람들이 제대로 체육복으로 갈아입었으며, 개중에는 무릎과 팔목에 보호대를 찬 사람들도 있었다.

배구? 나는 아마추어들이 진행하는 배구경기 가운데 제대로 된 게임을 본 적이 없다. 그렇다. 배구는 결코 쉽지 않은 경기다.

라오스 대학 교수들의 배구 경기

아니나 다를까, 여자 교수님들의 경기는 거의 '실수 대잔치'였고, 남자 교수님들의 경기도 체육과 교수님으로 보이는 두 분을 제외하고는 공을 받기에 급급한 경기였다.

하지만 한국 대학에서는 절대 볼 수 없는 모습이었다. 같은 기관에서 봉사활동을 하고 있는 다른 봉사단원분의 말씀에 따르면 한국의 초등학교에서도 가끔 선생님들이 수업이 끝나고 배구 경기를 하는 경우가 있다고 했다. 아무튼 이날 교수님들은 누가 못 한다고 그를 배제하는 일도 없었고, 한쪽이 밀린다고 다시 팀을 짜거나 '저리 비켜! 내가 할게' 하는 식의 욕심도 보이지 않았다. 교수님들이 다 나와서 그냥 즐겁게 놀았다.

배구 경기를 관전하고 있는 교수님들

이것보다 라오스인의 특성을 더 잘 보여주는 것이 있었는데, 배구 코트 옆에 설치된 거대한 앰프와 키보드가 바로 그것이다. 배구 경기는 '빈틈없이' 아마추어급인데, 해설자는 무려 4명이나 나서서 열띤 입담 경쟁을 벌였다. 그러다가 신이 난 교수님 한 분은 키보드를 잡고 연주를 하기 시작했다. 또 키보드 연주를 듣고 한층 더 신이 난 교수님 한두 분은 마이크를 잡고 노래를 부르기 시작했다. 구경하는 교수님들은 열심히 오렌지를 까먹으면서 어깨를 들썩였다.

그러더니 맙소사, 이번엔 여교수님 여섯 분이 스피커 옆으로 가 춤을 추기 시작했다. 춤추고 노래하고, 배구 안 하는 사람들이 하나둘씩 돗자리를 펴고, 잠시 돈을 걷더니 맥주가 한 짝씩 등장했다. 나도 이런 분위기는 거부할 수가 없었다. 안면이 있는 교수님들이 권하는 맥주를 한 잔씩 받아 마시다

보니 내 얼굴도 붉어졌다.

한국과 라오스 사람들은 노래를 부르는 모습에서도 큰 차이를 보인다. 남들 앞에서 노래를 하는 한국 사람은 다들 잘하는 반면 라오스 사람들은 좀 창피할 정도로 못 한다는 것이다. 하지만 이는 겉으로 드러난 모습일 뿐 속을 들여다보면 반전이 있다.

나도 처음에는 단순히 라오스 사람들이 한국 사람들에 비해 노래를 못 한다고 생각했다. 하지만 지금은 '한국 사람이 라오스 사람들보다 노래를 잘 한다'는 말에 동의하지 않는다. 무슨 말이냐 하면, 한국 사람들은 노래를 잘 하지 못하면 남들 앞에 잘 나서지 않는다. 반면 라오스 사람들은 노래를 못 하든 잘 하든 자기가 하고 싶으면 누구나 남들 앞에서 마이크를 든다. 그리

학교에서 집단으로 춤을 추는 모습

고 라오스 사람들은 누가 잘 한다거나 못 한다고 평가하지 않는다. 그냥 누가 노래를 하는구나 하고 지켜보고 있다가 좋으면 따라 부르고, 신이 나면 춤을 추거나 하는 식으로 반응한다. 다시 말해 한국 사람은 노래를 못 하면 남의 시선을 의식해 마이크를 잡지 않지만, 라오스 사람들은 자기만 좋으면 아무나 노래를 부른다. 이것이 진짜 다른 점이다.
편을 갈라서 벌이는 배구 경기도 마찬가지다. 승부를 겨루기 위해서 모인 것이 아니라 그냥 놀려고 모인 것이다. 가끔은 경기장 옆에 상을 차려 놓고 밥까지 먹고 간다.

또 하나 중요한 점은 체육행사에 총장을 비롯한 주요 인사들이 한 명도 참석하지 않는다는 것이다. 매니저급의 사람들도 거의 보이지 않는다. 그래서 교수님들도 참석하고 싶은 사람은 참석해서 놀고, 참석하기 싫은 사람들은 자기 자리에 앉아서 계속 일을 하든지 서로 모여서 수다를 떨든지 자기 마음대로다.

한국의 직장과 학교에서 스트레스 원인을 찾았더니 '인간관계'가 1위를 차지했다는 소리를 들은 적 있다. 쓸데없이 신경 써야 할 게 너무 많다는 것이다. 우선 나이를 신경 써야 하고, 직급을 신경 써야 하며, 자신의 평판에도 신경 써야 한다는 것이 인간관계의 어려움으로 꼽혔다. 이런 환경에서는 자기가 좋아하는 사람들과 함께 일을 하거나 생활할 수가 없다.
배구는 뒷전이고 서로 모여서 수다 떨고 노래하는 라오스 사람들을 보면서 은근히 그들이 부러워졌다.

22

라오스에 와서 인생을 사는 방식을 바꾸려 노력하는 중

내가 속한 유닛은 ICT 파트로, 내 상사는 교수들 강의의 질을 측정하고 관리하는 매니저다. 처음에 봉사단원이 파견되면 자신의 역량을 활용해서 어떤 식으로 기관에 기여할 것인지를 논의하는 회의를 거친다.

'영상미디어 단원이 어떤 식으로 교수들 수업의 질을 개선할까' 고민하다가 몇 가지 도출해 낸 결론은 다음과 같다.
먼저, 좋은 교수들의 수업방식이 전달되지 못하는 것은 학교의 문제였다.

그래서 우리는 좋은 교수들의 수업을 영상으로 녹화한 후 데이터로 관리하기로 했다. 또 교수들의 수업방식을 객관적으로 측정할 방법이 전무했다. 그래서 이 역시 영상으로 데이터화한 후에 모두가 같이 시청하면서 개선방안이라든가 배울 점을 나누기로 했다. 이와 함께 강의를 진행하는 데 영상을 활용하는 방안을 고민해 보기로 했다.

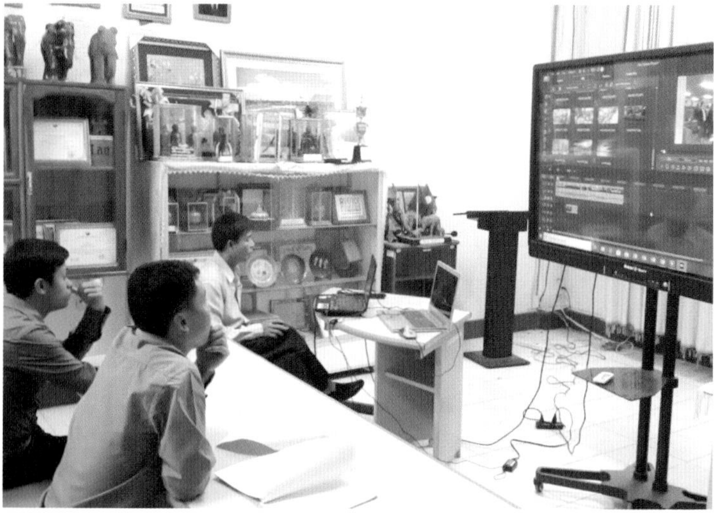

사무실 동료들과 같이 일하는 모습

이번에는 우리 매니저가 옆 대학에서 어떻게 강의의 질을 높일 수 있는지 프레젠테이션을 하는 기회가 생겼다. 프레젠테이션의 주제는 The Development of the Internal Education Quality Assurance Systems and Mechanisms for Luangprabang Teacher Training College, Lao PD였다. 즉 루앙프라방 교육대학 내부 교육의 질 측정 시스템과 메커니즘의 개발에 관한 발표였다. 이것 때문에 사무실의 다른 교수들과 발표자인 매니저가 일주일 동안 PPT 파일을 만들다가 말싸움도 하고 난리를 피웠다. 그리고 최종 발표일을 이틀 남겨둔 시점에서 퇴근시간을 2분 남겨둔 4시 28분에 갑자기 매니저가 내게 달려왔다. 내 도움이 필요하다면서 심각한 얼굴을 하고 있었다. 이번 발표가 라오스어가 아닌 영어로 진행하는 것으로 바뀌었다고 했다. 그러면서 나에게 영어 발표자료 검토를 맡겼다. 오산 미군기지와 뉴질랜드 정부기관에서 5년간 일한 경력을 이 매니저뿐만 아니라 신기하게도 대학교 사람들 대부분이 알고 있었다.

좀 비현실적인 기한이었지만 나는 하마터면 이제까지의 버릇대로 '오늘 밤 안으로 당장 끝내겠다'고 말할 뻔했다. 하지만 이내 이 나라 사람들 행동양식대로 나는 차분히 심호흡을 하고 마음을 가라앉힌 후 "내일 아침에 와서 하겠다. 만약 가능하다면 다음날 퇴근 전까지는 결과물을 보여주겠다"고 말했다. 어떤 내용인지 궁금했지만 나는 프레젠테이션 파일을 받고도 열어보지 않았다. 집에 가서도 메일에 담긴 PPT 파일의 내용이 엄청나게 궁금했지만 열어보지 않았다. 나는 지금까지의 업무습관이나 생활방식을 바꾸고 싶었다. 내 업무태도의 가장 큰 문제는 너무 서두르는 것이었고, 빨리 일을 끝내도 일이 계속 들어와서 스트레스가 쌓이는 것을 인식하지 못한 채 헉헉거리면서 버티고 있다는 것이었다. 스스로 기한을 정하고 충분한 휴식 시간을 가지자는 게 뉴질랜드 국세청 애널리스트 일을 그만두면서 한 다짐이었다. 나는 아무리 시간이 촉박하고 중요한 일이라고 해도 이 다짐을 깰 생각이 없었다. 그래서 다음날 아침 사무실에 와서야 PPT 파일을 열었다.

이 프레젠테이션 주제는 나에게는 생소했고, 박사급의 사람들이 쓴 데다 먼저 쓰인 언어인 라오스어에 대한 내 지식도 엄청나게 부족했다. 그래도 내가 할 수 있는 최선을 다했다. 대학에서 쓰이는 다양한 질적·양적 조사방법을 공부한 후 용어의 알맞은 쓰임을 체크했다. 그리고 엄청나게 많이 나열돼 있는 영어 비문들과 문법적 오류들을 수정했다.
2시간쯤 지나자 매니저가 내 책상으로 와서 업무의 진행 상황을 물었다. 아무리 라오스의 업무환경이라고 해도 다른 기관에 가서 발표를 하는 것이, 그것도 영어로 하는 게 많이 부담이 되는 모양이었다. 나는 내가 고치고 있는 것을 몇 개 보여준 후 이런 식으로 하면 되겠느냐고 재확인했다. 내 중간보고를 대충 듣는 것 같아 아무래도 마지막에 최종 수정이 힘들 것 같기는 했지만 그냥 넘어갔다.

나는 라오스에 와서 인생을 사는 방식을 바꾸려고 노력하는 중이다. 업무를 대하는 태도도 그렇고 생활을 대하는 태도도 보다 건강하게 바꿀 계획이다.

23

라오스의 체육시간은 춤으로 마무리된다.

라오스에는 대학생들에게도 체육시간이 있다. 교원양성대학인 우리 기관에만 있는 건지 아니면 다른 대학교에도 있는 건지는 모르겠지만 선생님들과 학생들이 나와서 체육활동을 한다. 한국 대학교에서도 체육 관련 수업이 있기는 하지만 보통은 수영이나 골프 등 교양으로 어떤 스포츠의 한 종목을 배우는 식으로 진행된다. 반면 라오스에서는 어떤 목적을 가지고 특정한 스포츠를 배우기보다는 그냥 모여서 논다는 표현이 더 정확하다. 체육 관련 학과도 없고 체육 전공 교수님도 없다고 하는데 체육수업을 진행한다. 무척 덥기도 하거니와 체육시설도 열악해서 가끔씩 배구를 하거나 술래잡기 비슷한 놀이를 한다.

라오스 체육시간 중 정말 독특한 풍경은 종종 체육시간을 끝내기 전에 다 같이 춤을 추는 모습이다. 오늘도 더위가 극성인 오후 2시쯤 한참 술래잡기 같은 놀이를 즐기던 학생들이 삼삼오오 짝을 짓더니 강강술래처럼 원을 그리며 둘러섰다. 그러더니 손을 아래위로 올렸다 내렸다 하면서 덩실덩실 춤을 추기 시작했다. 친한 남녀끼리 짝을 지어서 서로 춤을 추며 시끌벅적하게 떠들어댔다. 교수님들도 옆에서 손뼉을 치며 박자를 맞추어 주셨다.

정해진 프로그램인지 아니면 갑자기 흥에 받쳐서 춤을 추기 시작하는 건지는 확실하지 않다. 다만 내 눈에는 이런 모습이 정말 여유로워 보인다. 라오스 민족은 모두 다 집단으로 추는 춤을 좋아하는 듯하다. 나이가 60이 넘은 노교수와 20대 초반의 학생이 짝을 지어 춤을 춘다. 많은 인원이 원을 만들어 돌면서 몸을 흔든다. 여기서는 춤을 잘 추는 사람, 춤을 못 추는 사람, 구경하는 사람 같은 구별은 없다. 그냥 다 같이 몸과 손을 흔들면서 돌 뿐이다. '너, 춤 잘 춘다며? 어디 한번 춰 봐라' '얼마나 잘 추나 보자' '섹시한 춤 한번 보여줘 봐' 등의 압박이나 구경거리로서의 춤은 존재하지 않는다.

국어사전에서 춤의 뜻을 찾아보면 "장단에 맞추거나 흥에 겨워 팔다리와 몸을 율동적으로 움직여 뛰노는 동작"이라고 돼 있다. 한국에서는 언제부터인지 춤이 이성에게 섹시해 보이기 위해서나 대중에게 잘 보이기 위해 몸을 멋있게 흔드는 동작이 된 것 같다.

인터넷에 '춤'을 검색해 보면 무용연구가 구인구직, 댄스 크루학원, 아역 전문 댄스스튜디오 광고가 나온다. BTS를 위시해 춤 잘 추고 멋있게 생긴 사람들의 사진도 줄줄이 나온다. 사람들이 자신의 흥에 겨워 즐겼던 춤이 언제부턴가 상업화돼 잘생긴 사람들만의 전유물, 남에게 보여주기 위한 기예가 돼 버렸는지 모르겠다

춤을 추며 즐기는 라오스 사람들

24.

비가 오고 힘든 일이 있으면 그에 대한 보상이 따른다.

비가 왔다. '비가 오는 게 뭐가 대수라고, 눈도 아니고…'라고 말하는 사람들이 있을 수 있다. 하지만 내가 라오스에 온 게 11월 23일이니까 3개월 넘게 비를 한 방울도 본 적이 없었다.

그러잖아도 요 며칠간 하늘이 심상치 않기는 했다. 원래 미세먼지라고는 찾아볼 수 없는 파란 하늘이 끄물거리며 흐려져 있었다. 동료 봉사단원들은 '중국에서 드디어 미세먼지가 몰려오는 것이다' '이건 먼지가 쌓여서 올

루앙프라방의 거리 풍경

라간 것이다’ 등등 말이 많았다. 군대에서 3년 반을 보낸 나는 직감적으로 느낄 수 있었다. 이건 하늘에서 뭔가가 내려올 조짐이라고.

그랬던 것이 아니나 다를까, 밥을 먹고 다시 기관으로 향하는 길에 빗방울이 한두 방울 떨어졌다. 그냥 지나칠 수도 있었겠지만 나는 만약을 대비해 우산을 챙겼다. 고이카에서 준 우산이 있었다. 코이카는 별의별 물품들을 다 지급해 주는데, 내가 평생 먹어 본 것보다 많은 듯한 온갖 약이 다 들어 있는 내 컴퓨터만한 35호 대형 구급함부터 시작해서 비옷, 심지어 망치와 모기장에다 더운 나라에서도 몸을 지지고 싶은 사람들을 생각해 전기장판까지 지급한다. 놀랍게도 동굴에 고립됐을 때나 쓸 것 같은 3일치 비상식량과 로프, 머리에 두르는 동굴용 라이트까지 지급됐다. 이런 것까지 있는데 우산이 없을 리가 없다.

오후 내내 멀쩡하던 하늘이 사람들이 슬슬 퇴근하기 시작하는 4시에는 본격적으로 후드득거리며 물을 쏟아내기 시작했다. 3개월 만에 내리는 비에 놀랐는지 옆 사무실에서도 사람들이 나와서 비 구경을 했다.

운동장에서 배구를 하던 남학생들은 나무 옆에 앉아서 비를 피했다. 하지만 축구를 하던 여학생들은 아랑곳하지 않고 경기를 계속했고, 퇴근하려고 오토바이를 찾으러 가던 교수님들은 갑자기 물벼락을 맞았지만 오토바이 의자 밑에서 비옷을 꺼내더니 아무렇지도 않다는 듯이 비를 맞으며 오토바

루앙프라방 교육대학 건물

이 시동을 걸었다. 초등학교 꼬맹이들도 뛰기는커녕 손에 든 가방을 더 힘차게 흔들며 친구와 장난을 쳤고, 우산을 쓰고 가는 사람들도 몇 명 보이지 않았다.

그 와중에 비가 내리는 탓인지 사무실에 두 번이나 급습 정전이 닥쳐서 열심히 PPT 작업을 하던 한 교수님은 파일을 날려 먹었고, 영상작업을 하던 교수님의 작업 파일 또한 싹 날아가 버렸다. 내 노트북은 그냥 '전원 충전' 메시지를 하나 보내는 것으로 넘어갔다. PPT 작업을 하던 교수님의 파일은 20분 정도 작업한 분량이 사라진 피해에 그쳤지만 영상작업을 하던 교수님은 점심 먹고 난 후 작업한 모든 분량이 그 짧은 시간에 확 날아갔다. 마침 공산당 작업복을 입고 있던 교수님의 눈치를 살짝 살폈는데, 그는 그냥 씩 웃더니 컴퓨터를 꺼 버리고 휴대폰을 꺼내더니 유튜브 영상으로 눈길을 돌렸다.

잠시 후 다른 사무실에서 우리 사무실로 인터넷이 안 된다고 불편을 신고하러 왔다. 우리 사무실에서 학교 전체 인터넷 서버를 담당하고 있기 때문이다. 유튜브를 보고 있던 교수님이 쓱 일어나더니 대형 서버 장치의 어떤 부분을 눌렀다가 뭘 들었다 놓았다가 했다. "한 15분에서 30분 기다리면 다시 될 것이다"는 말을 남기고 그는 다시 휴대폰을 들여다봤다.

한국 같았으면 갑자기 밖에 있는데 비가 쏟아지고 정전이 돼서 작업하던 파일이 날아가고 인터넷이 불통이면 난리가 났을 게 분명하다. 하지만 라오스에서는 길 가던 꼬마부터 열심히 영상작업을 하던 교수까지 다들 그냥 태연하게 넘어갔다.

나는 그 속에서 낭만적으로 난간에 서서 비가 내리는 풍경을 바라보고 있었다. 어렸을 적 맡아보았던 비 올 때의 먼지 냄새가 흩날렸다. 땅이 아스팔트로 덮이고 집들을 뭉개고 빌딩이나 아파트가 올라가기 전에는 비만 오면 희미하게 먼저 냄새가 났었다. 흙을 파고들면서 물방울들이 튀고 비가 온 뒤에는 깨끗한 공기가 다시 상쾌한 기분을 주었다.

정규 퇴근시간인 4시 30분이 되자 거짓말처럼 비가 그쳤다. 조금 서둘러서 나간 사람들은 비를 홀딱 맞고 집에 도착했을 것 같았다. 작업 중이던 파일을 날려 먹은 교수들이 후다닥 일어나서 짐을 챙기기 시작했다. 아마 내일 다시 작업할 생각인 듯했다.
사무실을 나서자 서늘한 바람이 불어왔다. 동남아시아에서 누릴 수 있는, 비가 내린 후의 시원함이었다. 비가 한바탕 흐린 공기를 쓸고 가자 공기도 깨끗해져서 코로 들어오는 공기가 상쾌했다. 흐린 뒤에 오는 상쾌함이었다. 우리 인생도 이런 게 아닌가 싶었다. 비가 온 뒤에 땅은 더욱 굳고, 힘든 일이 있으면 그에 대한 보상이 따른다. 그리고 내일은 다시 시작된다.

25.

사무실 수다 in 라오스

대학만 그런 것일 수도 있지만, 라오스 직장에서는 사무실 수다가 흔하다. 지금도 우리 사무실에 다른 교수님이 놀러 오셔서 40분째 수다를 떨고 있다. 라오스 사람들은 남자 여자 가릴 것 없이 수다를 좋아하는 것 같다. 원래는 우리 사무실 사람들끼리 수다를 떨지만 다른 사무실에서 누군가 놀러 오면 그 수다는 한층 더 열기를 더한다. 평상시에도 나에 대해 이야기하는 경우가 많지만 다른 사무실에서 손님이라도 올라치면 이제 본격적으로 나에 대해 이야기한다. 처음에는 조금 끼어 주는 것 같다가 내가 못 알아듣는 듯하면 그냥 나를 무시하고 나에 대해 이야기한다.

외국어를 알아듣지 못하는 사람이라도 자기에 대해 이야기하는 것은 어느 정도 때려 맞춘다고 하는데, 나도 마찬가지다. 내가 대화에 빠진 것을 알고 대화가 열기를 띠면 나는 대화의 90퍼센트는 알아듣지 못한다. 북부 지역 방언이기도 하거니와 내 어휘력이 절대적으로 부족한 탓이다.

루앙프라방 교수님과 일하는 중에 한 컷

내가 살았던 한국이나 내가 직장을 다녔던 뉴질랜드에서도 직장 수다는 있었다. 나는 군생활을 미공군기지에서 했는데 미국 사람들도 똑같았다. 동서고금을 막론하고 직장 내 수다의 절반 이상은 다른 사람들에 대한 이야기로 이루어진다. 지금까지와 여기의 차이점은 여기에서는 다른 사람들이 내 이야기를 해도 전혀 알아듣지 못한다는 것이다. 여기 사람들은 머리를 써서 암호명을 정한다든지 하지 않고 '한국 사람' 혹은 '한국'이라는 단어를 엄청나게 많이 쓰기 때문에 나에 대해 이야기하고 있다는 사실을 쉽게 눈치챌 수 있다.

직장 내 수다를 어떻게 받아들이냐는 나 자신에게 달려 있다. 지금까지는 내가 마음의 여유가 없어 사람들이 나에 대해 이야기를 하면 엄청나게 신경이 쓰이고 기분이 좋지 않았다. 하지만 여기에서는 봉사활동을 하는 신분이기도 하고 사람들이 내 이야기를 하는 것을 숨기거나 하지 않고 그냥 대놓고 쳐다보면서 하기 때문에 그리 기분이 나쁘지 않다. 그리고 결정적으로 지금의 삶은 어딘가에 쫓겨서 사는 것이 아니라 돈이나 명예와는 멀리 떨어져서 여기 사람들을 돕는다는 마인드로 일하고 있기 때문에 다른 사람들이 나에 대해 욕을 하거나 불만을 가지고 있다고 해도 그리 신경이 쓰이지 않는다.

일단 그 사람들과 이해관계가 걸린 것이 없다. 그리고 한정된 자원을 놓고 경쟁할 필요도 없고, 내가 돈을 받고 일하는 것도 아니기 때문에 눈치 볼 필요도 없다. 여러모로 여유가 넘치는 생활이다.

봉사일기

26.

나는 이곳에서 여유를 배우고 있다.

며칠 전부터 택배회사에서 문자가 오기 시작했다. 3일 전에는 비엔티안에서 택배를 실었다는 문자가, 이틀 전에는 나에게로 오는 택배가 비행기를 탔다는 문자가 오더니 어제는 전화가 왔다. 문자는 복사를 해서 번역기를 돌리면 거의 완벽하게 해석해 주지만 전화는 그렇지 않았다. 전화를 건 사람이 갑자기 따발총처럼 라오스어를 하는데, 나는 전혀 알아듣지 못했다. 그 와중에 전화번호가 택배문자에 있는 번호임을 확인한 나는 일단 못 알아듣겠다고 한 후에 겨우 택배회사에서 전화를 한 것인지만 확인했다. 그

쪽에서 맞는다고 하는 것 같기에 나는 알겠다고 한 뒤 내일 찾아가겠다고 전했다. 자기 사무실이 어디 있고 영업시간이 언제까지인지를 아는지 확인하는 듯했으나 그런 질문에 대답할 라오스어 실력이 아직 안 되기 때문에 다 안다고 했다.

라오스에서 택배나 우편 서비스를 이용하는 것은 한국에 비해 확실히 불편하다. 만약에 한국에서 택배가 오면 우체국까지 가서 돈도 3만 낍이나 지불하고 찾아와야 한다. 현지에서의 택배도 마찬가지다. 만약 코이카 사무실에서 택배를 보내오면 각자 택배회사까지 가서 찾아와야 한다. 사설 택배가 우체국 택배와 다른 점은 택배를 수령할 때 3만 낍을 낼 필요가 없다는 점이다.

인터넷으로 검색했더니 택배를 찾아와야 할 곳은 내가 근무하는 기관에서 1시간여 떨어진 곳에 있었고, 업무를 마치고 가면 시간이 촉박할 것 같았다. 그래서 기관에 말을 하고 점심시간에 갔다 오기로 했다.

이튿날 점심시간이 시작되자마자 걷기 시작했다. 오전에는 구름이 많이 낀 날씨였으나 내가 걷기 시작하자 동남아시아 더위의 진수를 보여줬다. 땀이 뻘뻘 난다는 말이 무슨 소리인지 체험하면서 택배회사 사무실에 도착했다. 택배가 도착했다는 문자를 보여줬더니 그건 안 되고 보낸 사람이 가지고 있을 영수증을 보여 달라고 했다. 그래서 "나는 보내는 사람이 아니고 받는 사람이다. 영수증은 보낸 사람이 가지고 있지, 받는 사람이 어떻게 가지고 있냐?"고 했더니 그래도 영수증을 보여 달라고 했다.
그러면서 다른 사람들을 가리키는데, 아니나 다를까, 다른 현지인들은 보낸 사람이 받은 영수증을 핸드폰으로 건네받아서 가지고 있었다. 한참을 기다려 직원이 여유가 좀 생겼을 때 어떻게 방법이 없겠냐고 물었더니 문자에 찍힌 배송번호로 조회를 하면 되긴 한단다. 아무래도 배송번호로 찾는 것이 영수증에 있는 번호로 찾는 것보다는 불편한 모양이었다.

그렇게 한 20분을 기다린 뒤 태블릿 PC에 배송번호를 찍어 넣고 다른 번호를 찾아서 택배를 찾았다. 원래 같았으면 엄청나게 짜증이 났을 법한 일인데 긍정적인 측면을 찾기로 했다.
첫째, 택배회사 사무실 안이 무척 시원했다. 라오스는 사무실이나 심지어 식당에도 에어컨 설치가 되지 않은 곳이 많다. 하지만 그 택배회사 사무실은 에어컨이 빵빵하게 돌아가고 있었다.
둘째, 서두를 이유가 없었다. 일단 같은 사무실 사람에게 점심시간에 좀 늦게 들어올 거라고 말을 해 두었고, 이곳의 분위기가 설령 점심을 거하게 먹느라 한 30분 늦게 들어온다고 해서 뭐라고 할 사람도 없었다.

그렇게 우여곡절 끝에 택배를 찾아왔는데, 그 안에는 여권과 함께 'Stay permit'이라는 거류증이 들어 있었다. 맙소사! 내 거류증이 아니고 동기 시니어 선생님의 거류증이었다. 이름이 비슷한 것도 아니고 나이가 비슷한 것도 아니다. 나는 30대, 그 시니어 선생님은 60대셨다. 같은 것이라고는 성별밖에 없었다. 그런데 현지 직원이 우리 두 사람을 헷갈렸다고 했다.
어쨌든 거류증을 교환해야 하는데, 또 땡볕 아래를 1시간 걸어서 거류증을 보내고 다시 땡볕 속을 1시간 걸어서 내 거류증을 찾아올 생각을 하니 짜증이 밀려왔다. 하지만 다행히 내 거류증을 받으신 시니어 선생님께서 다음에 만날 때 교환하자는 내 제의를 받아들여 주셨다. 4월에 비엔티안에서 안전회의가 있을 예정이었는데, 코로나19 사태 탓에 아직 확실하지는 않다. 아무튼 그날 교환하자고 약속했다.

만약에 예전에 이런 일이 있었으면 과연 어떻게 했을까를 생각해 봤다. 예전의 나였으면 먼저 누가 실수를 했는지, 왜 이런 실수가 벌어졌는지 찾아서 그 사람에게 화를 냈을 것이다. 그것이 예전에 내가 일을 처리하던 방식이었다. 나의 가장 큰 문제는 어떤 짜증 나는 일이 발생했을 때 화부터 내는 것이었다. 일단 화부터 내고 화가 가라앉으면 잘못된 일을 처리하기 시작했다. 가끔은 화가 가라앉기도 전에 일 수습을 서둘러서 오히려 일을 더 그르치는 경우도 많았다. 그러지 말아야지 그러지 말아야지 해도 습관 때문인지 잘 고쳐지지 않았다.

그랬던 게 라오스에 와서는 그리 크게 화가 나지 않았다. 돌아오는 길에 곰곰 생각해 봤더니, 한국에서와 달리 라오스 생활에서는 여유가 있다는 것이 변화의 이유였다. 여유는 일이 겹치는 게 없어 잠시 생각할 시간, 여기저기 쉬어갈 시간이 있다는 것이라고 생각한다.

표준국어대사전에서 '여유'를 검색해 보니 첫 번째 의미로 "물질적, 공간적, 시간적으로 넉넉하여 남음이 있는 상태"라고 뜻풀이가 돼 있었다. 그 의미대로 나의 라오스 생활은 시간적으로 여유가 많다. 불필요한 인간관계가 없어졌고 직장 일을 생각하며 보내는 시간이 많이 줄어들었다. 그리고 공간적으로도 회색 건물에 둘러싸여 생활할 때보다 훨씬 여유가 있었다. 물론 뉴질랜드에서 직장생활을 할 때보다 연봉은 15분의 1 정도로 줄었지만 역설적으로 라오스에서의 내 생활은 물질적으로도 여유가 있다. 가장 큰 이유는 갖고 싶은 물건들이 없어졌고, 적은 돈으로 필요한 물건만 시기 때문이다. 옷이나 전자기기 쇼핑, 해외여행 등이 다 불가능해지자 내 소비 생활의 99퍼센트는 식료품이 됐다. 옷도 코이카에서 준비해 준 것과 집에서 가져온 티셔츠 몇 벌이 다였다.

'여유'의 두 번째 뜻은 "느긋하고 차분하게 생각하거나 행동하는 마음의 상태, 또는 대범하고 너그럽게 일을 처리하는 마음의 상태"라고 했다. 나는 이번 일을 겪으면서 뼈저리게 느꼈다. 내가 많이 느긋하고 차분하게 생각하거나 행동하게 됐다는 것을 말이다. 그리고 속 좁게 화를 내지 않고 대범하고 너그럽게 일을 처리할 수 있게 됐다.

여유롭게 불공을 드리는 라오스 사람들

사실 라오스 생활이 끝나고 다시 익숙한 곳으로 돌아가면 예전의 나로 다시 돌아갈지도 모른다. 하지만 나도 한번 여유롭게 일을 처리해 봤다는 경험은 정말 소중할 듯하다. 더 여유롭게 사는 방식을 연습해서 앞으로도 라오스의 생활을 생각하며 살아가고 싶다. 앞으로 어떻게 될지는 아무도 알 수 없지만….

27.

시간은 천천히 간다.

사람들은 말한다. 나이를 먹을수록 시간이 빨리 간다고. 나도 지금까지는 그런 줄 알았다. 어릴 적에는 정말 시간이 안 가서 '나는 언제 어른이 될까'를 고민했다. 중·고등학교를 다닐 적에는 이런 지긋지긋한 시간이 언제 끝날지 항상 고민했다. 하지만 대학교 다닐 때는 너무 재미있어서 이런 시간이 가지 말았으면 하고 바랐다. 그러나 그때부터 시간은 달리기 시작했다. 군대에서 시간이 잠깐 멈췄다가 제대를 하자마자 다시 시간은 날기 시작했다. 직장생활을 시작하고 시간은 훨훨 날아갔다. 그렇게 시간을 흘려보내다 30대 후반에 들어 직장을 그만두고 코이카 해외봉사를 왔다.

현지교육을 받을 때 현지어 선생님과 함께

현지 적응교육을 받는 동안에는 한국에 있을 때처럼 시간이 빨리 흘렀다. 그러다가 혼자 임지에 파견 와서 한 달, 두 달이 지난 시점부터 시간이 정말 천천히 흐르기 시작했다. 그런데 괴로워서 시간이 빨리 갔으면 하고 바랄 때 시간이 안 가던 것과는 감정이 다르다. 그 이유를 곰곰이 생각해 봤다. 아울러 직장을 그만두고 한국에서 쉬고 있을 때는 시간이 정말 빨리 흘렀는데, 왜 지금은 시간이 천천히 가는 것처럼 느끼는지도 생각해 봤다.

가장 큰 원인은 혼자 있는 시간이 많아져서였다. 해외에 와서 봉사활동을 한다고 해도 결코 혼자서 생활하는 것은 아니다. 일하는 기관에서 현지인들과 하루에 적어도 6~7시간은 붙어 지내고, 또 코이카에서 같은 지역으로 파견 나온 다른 봉사단원분들도 만난다. 일본의 해외봉사 기관인 자이카나 미국의 피스코프 같은 다른 나라의 봉사단원들도 많다. 하지만 한국에 있을 때처럼 필수적으로 매일매일 유지해야 하는 인관관계가 없다. 예를 들어 하루에 몇 번씩이나 연락을 주고받아야 하는 가족, 일주일에 한 번은 연락해야 하는 친구, 일 때문에 꼭 연락해야 하는 업무적인 관계를 가진 사람이 확 줄었다. 여기에서도 머잖아 이런 인간관계가 생기겠지만 지금은 만들어 가는 과정이라 주기적으로 신경을 써야 하는 인간관계에서 많이 자유롭다.

그래서 생각하게 된 것은 혼자 멀리 떨어져 살아가는 기회가 내 에너지를 빨아먹는 인간관계를 정리하는 좋은 계기가 될 듯하다는 것이다. 특정한 사람들은 나에게 하소연을 하면서 에너지를 뺏어간다. 어떤 사람들은 자신의 걱정을 어떻게든 나에게 주면서 내 에너지를 앗아간다. 또 어떤 사람들은 불안을, 어떤 이들은 스트레스를 나에게 준다. 특히 가장 큰 적은 내가 싫어하지만 어떻게든 인간관계를 유지해야 하는 이들이다. 나는 지금 이런 사람들이 나에게 연락할 기회를 차단하고 있다. 지금 와서 느끼는 것이지만 나에게는 이런 부정적인 영향을 끼치는 사람이 한둘이 아니었다. 그 사람 자체의 문제도 있었지만 나라는 사람이 가진 문제 그리고 나와 그 사람과의 역사나 관계가 가지는 문제도 쌓여 있었다.

또 하나는 더 이상 눈치를 볼 사람이 많이 없어졌다는 사실이다. 인간관계가 심리적인 안성을 가져디주기도 하지만 그만큼 행동이나 생각에 제약을 가하는 경우도 많다. 예를 들어 같은 아파트에 사는 사람들과 얼굴을 익히고 매일 인사도 하고, 서로 간섭을 하는 사이가 됐다고 치자. 그렇게 되면 그 사람들을 의식해서 못 하는 행동들이 많아진다. 친구들을 불러서 파티를 하고 싶다거나 여자 친구를 집에 초대하는 등의 일에 신경이 쓰이는 것이다.

지금은 이런 인간관계가 전혀 없고, 이제 처음으로 만들어 가는 과정이다. 지금까지 만들어진 인간관계에서 벗어나 내가 진짜로 어떤 인간인지 알아보고, 솔직한 내 본모습으로 다른 사람들과 관계를 맺을 수 있는 좋은 기회다.

나는 라오스에서 홀로 있는 기간에 내 본모습을 찾고 싶다.

28

해외봉사를 나오면 여자들은 살이 찌고 남자들은 살이 빠진다.

장기 해외봉사를 나온 여자들은 살이 찌고, 남자들은 살이 빠진다고 한다. 같은 기관에서 활동하고 있는 남자 단원 선생님도 1년이 채 안 돼 정말 삐쩍 말랐다고 한다. 여자 단원들은 집에서 다양한 음식을 만들어 먹고 친구들과 만나도 맛있는 것을 먹으러 다니지만, 남자 단원들은 카레 같은 간단한 음식만 만들어 먹고 친구들과 만나도 술을 먹는 게 전부라서 그런 듯하다.

한국에서 생활할 때는 내가 술을 즐기는 줄 알았다. 친구들과 만나기만 하면 술집에 갔으니 그럴 만했다. 하지만 혼자 있는 시간이 많아지다 보니 그게 아니었다. 스트레스를 술로 풀 필요도 없고, 특히 소주나 맥주는 정말 맛이 없었다. 가끔 와인이나 위스키를 즐길 때도 있지만, 딱 한 잔 정도 마시고 나면 더 마시고 싶은 생각이 없어졌다.

동기 단원들과의 즐거운 식사 자리

나는 더 건강해지기 위해 요리를 시작했다. 일단 쉬운 요리부터 도전했다. 길거리에서 파는 바게트 샌드위치를 만들기로 한 것이다. 라오스는 프랑스의 영향을 크게 받아 바게트를 쉽게 구할 수 있고, 또 샌드위치를 만드는데 필요한 야채나 햄 같은 재료를 길거리에서 조리해 판다.

이렇게 샌드위치로 시작된 내 요리는 이제 라오스식 국수와 라오스식 볶음 국수로 확장된 데 이어 카레, 라오스식 샤브샤브, 라오스식 바비큐 요리로까지 발전했다.

라오스는 길거리에서 한국으로 말하면 반찬 같은 것을 판다. 한국 돈으로 700원 정도인 5000낍으로 반찬을 사고, 밥도 5000낍이면 살 수 있다. 우리 대학에는 학생식당이 없어서 학생들은 이런 밥과 반찬을 사서 먹는다. 나는 밥은 집에서 하고 메인요리를 하나 만들고 반찬만 두세 가지 사서 먹고 있다. 그리고 루앙프라방에서는 망고·파파야·파인애플·수박 같은 과일과 과채류를 1만 낍, 즉 한국 돈으로 1400원 정도의 가격에 팔고 있다. '루앙프라방 샐러드'라고 해서 상추·토마토·양파 등을 샐러드 소스에 버무려 팔기도 한다. 2만~2만 5000낍, 한국 돈으로 3000원 정도면 두세 끼 먹을 야채를 충분히 구입할 수 있는 것이다.

그 덕에 나는 한국에 있을 때보다 훨씬 더 건강한 식생활을 하고 있다. 쌀밥과 국이 주가 되는 한국 음식은 탄수화물과 염분이 많다. 반찬으로 단백질과 비타민 등을 보충할 수 있다고는 하지만 반찬도 염분 덩어리이므로 밥을 더 먹게 돼 탄수화물을 과다 섭취하게 한다. 하지만 여기서는 단백질을 주요리로 하고 샐러드나 라오스식 반찬을 곁들이는 식생활을 하고 있다. 영양분을 골고루 섭취하니 몸도 가볍고 잠도 잘 자고 있다.

라오스에서 혼자 살아가는 생활은 지금까지 당연하다고 생각했던 식생활도 다시 생각해 보는 좋은 계기가 됐다. 지금까지는 당연하게 밥을 먹었고, 당연하게 짠 국을 먹었고, 짜고 매운 반찬을 먹었다. 그리고 자주 과식을 해서 배탈이 나거나 속이 더부룩한 날이 많았다. 누구는 한국에서 구할 수 있는 재료를 구하기가 힘들다고 불평한다. 이건 사실이다. 루앙프라방은 수도 비엔티안과 달라서 한국인 슈퍼마켓이 아예 없다. 고추장이나 된장 같은 한국 요리의 기본이 되는 재료를 구하려면 비행기로 1시간여를 날아서 비엔티안까지 가야 한다.

그러나 나는 이런 불편이 우리가 먹고 있는 음식을 다시 살펴보는 좋은 기회가 된다고 생각한다. 나는 전체적으로 불필요한 탄수화물 섭취를 줄이게 됐으며, 비타민과 단백질 섭취량을 늘리게 됐다. 무엇보다 염분을 불필요하게 섭취하지 않게 되고, 과식하는 습관도 없어졌다. 그 덕에 속이 편하고 몸이 가벼워져 잠도 잘 자서 생활에 활력이 생겼다. 건강한 생활에는 홍삼이니 오메가3니 하는 건강보조식품보다 충분한 영양소 섭취와 수면이 훨씬 중요하다는 사실을 새삼 깨닫고 있다.

사회주의 나라 라오스에서는 어떤 직업을 선호할까?

우리나라 청년들이 선호하는 직업 중 1위는 공무원이다. 2019년에 통계청이 조사·발표한 자료에 따르면 '공시족'으로 불리는 청년층 공무원 준비생의 규모가 21만 9000명에 달한다고 한다. 전체 취업준비생 71만 4000명의 30.7%다. 이 조사에서 대한민국 청년들이 가장 선호하는 직장은 '국가기관'으로, 공기업 지망생까지 합하면 44.5%가 공직을 희망했다고 한다. 대기업을 선호하는 청년층 17.4%의 2.5배에 달하는 수치다.

사회주의 나라인 라오스는 공무원들이 넘쳐나는데, 라오스 청년들은 어디에 취업하고 싶어 하는지 알아봤다.

라오스 직장 풍경

라오스는 통계치가 빈약해서 정확한 인력수요나 인력수급 현황을 알기가 어렵다. 다른 동남아시아 국가들과 마찬가지로 라오스의 기업들은 신문을 통해 인력을 구한다. 특히 일반 기업들은 라오스 최대 일간지인 <비엔티안 타임스>에 구인광고를 게재하는 일이 많아 <비엔티안 타임스>에 실린 구인광고를 중심으로 인력수요를 알아봤다.

라오스의 현지인들에게 물어보니 라오스 청년들에게 가장 인기 있는 고용처는 크게 세 가지라고 한다.
첫째는 수력발전 등 에너지 기업과 광산, 플랜테이션 회사다. 둘째는 정부기관, 대사관, NGO 등의 비영리 단체다. 셋째는 은행이나 관광업 등 일반 사기업이다.

에너지 관련 기업은 수력발전을 했던 우리나라 SK나 호주의 광물회사 PHU BIA MINING, 중국의 광물회사인 MMG 등에서 엔지니어와 감독관 등을 모집하고 있었다. 라오스의 대표사업인 광업과 수력발전에 인력수요가 많았다. 또 중국의 '일대일로 프로젝트'로 인해 중국계 인프라 회사의 인력수요가 많았다. 철도시설 관련 인력수요도 적지 않았다.

비영리 단체나 외국 정부의 대사관은 현지 기업보다 두 배 이상의 월급을 지급하는 경우가 많아 인기가 높다. 다만 주로 라오스 국적의 사람만 뽑는다. 또 여러 가지 프로젝트를 진행하는 국제기구에서는 프로젝트에 바로 투입될 프로젝트 매니저나 해당 분야의 기술사와 회계사들을 주로 모집하는데, 해당 분야의 경험과 외국어 능력이 특별히 중요하다.

일반 사기업에서는 상대적으로 은행의 인기가 높다. 초봉도 다른 사기업에 비해 1.5배 정도 많고 월급이 오르는 속도도 빠르기 때문이다. 이런 은행에서는 일반 은행원, 금융상품 개발 직원, 금융상품 판매직원 등을 많이 뽑는다. 이 밖에 일반 회사에서는 주로 판매사원, 마케팅 매니저, 비서 등을 찾고 있었다.

또 라오스의 대표적 대기업으로 자동차 부품 등을 생산하는 코라오에서는 무역, 기획, 통번역, 인사, 공장관리, 오토바이 자동차의 AS와 관련된 직군을 뽑고 있었다. 코라오는 한국계 기업이다.

한편 외국인이 라오스에서 취업하고 장기적으로 거주하려면 허가증을 발급받아야 한다. 그러기 위해서는 먼저 기획투자부 내의 원스톱 서비스에서 취업허가증 발급신청서와 외국인근로자의 필요성에 대한 사업계획안 및 이력서·건강증명서 등의 서류를 제출해야 한다. 또 취업허가증 취득 대상이 외국인 투자기업의 주주나 이사일 경우에는 주주나 이사로서의 등기 사실 여부를 입증하기 위해서 기획투자부나 상공부의 승인을 받은 회사 정관을 추가로 제출해야 한다.

라오스 현지 대학생들에게 물어보니 사회주의 나라인 라오스에서는 공무원이 되기가 상대적으로 쉽다고 했다. 하지만 월급이 사기업보다 박해 청년들은 사기업을 선호한다고 한다. 실제로 루앙프라방 교육대학의 교수님들도 공무원 신분인데, 월급이 워낙 적어서 주말에 택시를 운전하거나 심지어 길거리에서 노점을 하는 교수님들도 있다.

라오스 최고의 국립대학인 동덕대학의 학생에 따르면 임금이 두 배 이상인 베트남이나 태국으로의 취업을 꿈꾸는 학생들도 많다고 한다. 현지 월급의 10배 이상을 받을 수 있는 한국이나 일본으로의 취업을 준비하는 학생들도 많단다.

사회변화에 따라 청년들의 꿈도 달라지는 것 같다. 너나없이 안정적인 공무원을 준비하며 왠지 역동성을 잃어버린 듯한 대한민국 청년들과 좀 더 나은 기회를 찾아 외국으로의 취업을 꿈꾸는 라오스 청년들. 상당히 대비되는 느낌이다. 사회변화에 따라서 청년들의 꿈도 달라지는 것 같다.

봉사일기

남들 눈치를 보지 않는 연습

코로나19 때문에 자택근무 결정이 나던 날의 일이다. 내 사무실 옆방에 있는 총장실에서 '카오찌'라는 라오스 음식을 얻어먹고 있는데, 카톡이 날아들었다. 출근한 지 2시간도 안 지난 오전 9시 30분경이었다. 라오스 코이카 사무실이 대사관과 '우한 폐렴' 사태에 대해 회의한 결과 루앙프라방 지역이 고위험 지역으로 분류됐다는 얘기였다. 2월까지는 자택근무를 해야 한다며, 공문이 오늘 내로 학교에 도착할 것이라고도 했다. 병원에서 근무하는 두 분 단원들뿐만 아니라 관광청에서 근무하는 다른 단원, 우리 대학교에 근무하는 다른 단원분도 포함이라는 내용이 덧붙어 있었다.

라오스 사람들과 함께 음식을 나누어 먹고, 서로 가까이 앉아 침을 튀기며 대화를 나누던 중이었다. 음식도 접시에 덜어 먹는 게 아니라 우리나라 찌개처럼 숟가락을 밥에 찌르며 같이 먹고 있었다.

사무실에서 교수님들과 회식하는 모습

2월 3일 대사관에서 받은 공지사항이 생각났다. 라오스 중국대사관에서 라오스 보건당국에 '접촉자를 확인해 달라'는 공문을 보냈다고 했다. '창피아오'라는 중국인이 26일부터 31일까지 단체여행으로 라오스에서 체류하다가 중국 충칭으로 귀국했는데, 이 사람이 2월 1일 코로나19 확진 판정을 받았다고 한다. 그는 앞서 26일 비엔티안에 도착해 27일에는 방비엥을 갔다가 1월 28일부터 31일까지 루앙프라방 여기저기를 여행했다고 한다. 대사관 공지사항에서는 창피아오의 동선을 공개하며 접촉자가 있는지 확인 요청을 하고 있었다.

나는 당장 매니저가 있는 사무실로 갔다. 매니저는 수도로 출장을 가고 없었다. 주위 교수들에게 물어보니 다음주에나 온다고 했다. 나는 컴퓨터를 가르치는 교수에게 사정을 설명하고 당분간 출근하지 못한다고 말했다. 내 연락처를 남기면서 "재택근무를 하는 중에도 연락은 항상 되며, 수업에는 못 들어가겠지만 내가 해야 할 일이 있으면 언제든지 연락을 달라"고 전했다.

나는 집에 돌아와서 손을 씻고 외부와의 접촉을 피했다. 하지만 다른 단원들은 바로 퇴근을 하지 않고 눈치를 보는 듯했다. 한 단원은 같은 기관의 다른 나라 봉사단원들은 계속 근무를 하고 있어서 혼자 재택근무를 하는 것이 미안한 모양이었다. 다른 한 단원은 나에게 공문이 도착했냐고 물어왔다. 내가 "공문은 아직 도착하지 않았다. 나는 구두로 보고를 하고 재택근무를 시작했다"고 하자 알았다며 전화를 끊었다. 그 단원은 4시 반까지 정상근무를 하고 5시부터 7시까지 현지인 선생님에게서 라오스어 과외까지 받고 집으로 돌아갔다고 한다.

나는 '눈치문화'에 대해 생각해 봤다. 주변을 둘러보면 남들과 다르면 야단을 맞을 수도 있다는 두려움을 가지고 사는 사람들이 적지 않은 듯하다. '모난 돌이 정 맞는다'고 말이다. 학교나 집에서 애들을 교육할 때 항상 모범생이나 엄친아들의 예시를 들며 '너는 왜 저렇게 못하니' '쟤 좀 봐라. 저렇게 잘하지 않니' 하는 것도 넓게 보면 눈치문화의 한 부분이라고 생각한다.

과연 '잘한다'거나 '못한다'의 기준은 무엇인가? 나는 우리 주변에서 일이나 공부를 잘한다고 할 때의 기준을 생각해 봤다. 일단 다수가 하는 일을 해야 한다. 학교에서 모두가 수학과 영어를 공부하는데 나만 혼자 라오스어를 파고들면 안 된다. 그리고 무슨 일을 하든 남보다 조금 더 뛰어나게 하고 남보다 조금 더 빨리해야 한다. 반도체를 만들어도 남들보다 조금 더 빨리 만들어야 하고, 휴대폰을 만들어도 남들보다 조금 더 빨리 새 기술이 탑재된 제품을 출시해야 한다. 즉 아무도 여유가 없다.

항상 남들이 뭘 하는지를 신경 쓰고, 남들이 얼마나 빨리하는지를 신경 써야 하고, 그 사람들보다 더 빨리해야 하니 여유가 있을 리 없다. 또 내가 조금 더 빨리한다고 해도 남들이 가만히 있지 않을 것이다. 그 사람들도 내가 뭘 하고 얼마나 빨리하는지 보고 자신이 더 빨리 뭔가를 하려 할 것이 분명하다. 그러니 더더욱 여유가 없다.

그러나 라오스 사람들은 남의 일에 관심이 많기는 하지만, 남보다 더 빨리 하려 하거나 남을 이기려고 들지는 않는다. 그냥 서로 하는 일을 재미있어 하고 뭔가 배우거나 도와주려고 한다. 아직까지는 '라오스와의 신혼여행' 기간 중이라서 좋은 점만 보이는 것일 수 있지만, 남보다 빨리 가려고만 하지 않아도 얼마나 여유로워지는지를 느끼고 있는 요즘이다.

봉사일기

01

긴급조사

라오스 봉사단원이 모여 있는 단체 카톡방에 긴급조사 공지가 떴다. 세계보건기구가 코로나 바이러스 대유행을 선언한 후에 불안을 느끼는 단원을 대상으로 일시귀국 희망 여부를 묻는 조사였다. 이집트, 필리핀, 모로코, 인도네시아 단원은 전원이 일시귀국을 한다고 했다.

현재 라오스는 한국으로의 직항편이 없어지고 캄보디아와 베트남 경유편도 막혀 버려 태국을 경유해 가는 노선만 남아 있었다. 이 노선마저 폐쇄되면 파견지에서 단원이 고립되는 우려가 있다고 했다. 필리핀에서 활동하는 단원은 한국인이라는 이유만으로 집 계약을 파기당했고, 몽골이나 요르단에서 활동하는 단원도 한국으로 귀국한다는 소식이 들렸다. 코이카 본부 차원에서 해외봉사 파견인력에 대한 일시귀국을 준비하고 있다는 소식도 들렸다. 라오스 사무소도 코이카 본부, 외교부, 다른 지역의 코이카 사무소와 관련 내용을 협의 중이라고 했다.

나는 이번 사태를 보면서 코이카 사무소가 우리 해외봉사단원의 안전을 무엇보다 중시하고 있다는 느낌을 받았다. 라오스 사람들은 코로나 바이러스에 대해 크게 걱정하지 않는다. 마스크를 하는 사람도 별로 없고 평소처럼 서로 몸을 부대끼며 운동을 하고 회식을 한다. 이런 활동에 참여하는 나는 불안한 것이 사실이지만 나 혼자 수업이나 학교 행사에 빠질 수는 없었다. 전염병이 완전히 지나갈 때까지 서로 조심하는 것이 제일이지만, 해외봉사를 왔다는 사람이 혼자 마스크 쓰고 대인접촉을 피하며 몸을 사릴 수는 없는 노릇이었다. 이러한 때에 재택근무라든가 일시귀국을 위해 애쓰는 코이카의 노력이 고마웠다. 사태가 어떻게 돌아갈지 모르겠지만, 정말 이번 사태가 잘 해결되기만을 바랐다.

일시귀국 결정

코로나 사태가 벌써 2개월째 지속되고 있다. 라오스는 당초 중국에서 오는 사람들도 막지 않아서 루앙프라방 시내에 우한 차량 표지판을 단 관광객 차들이 버젓이 돌아다녔다. 세계보건기구가 팬데믹(대유행)을 선언하고 나서야 조치를 취했다. 내가 근무하는 대학교를 포함해 전국의 학교에 3월 19일부터 4월 21일까지 휴교령이 내려졌다.

이에 맞춰 코이카도 본국 일시귀국을 결정했다. 일시적으로 한국에 돌아가고 싶은 사람은 돌아가고, 이유가 있는 사람은 남아 있어도 된다고 했다. 학교가 모두 문을 닫기 때문에 학교에 있는 사람은 휴교기간 중 어떤 활동을 할 것인지 계획서도 첨부해야 했다.

내가 소속돼 있는 ICT 부서에서도 회의가 있었다. 하지만 휴교기간 중 어떤 활동을 할지 등에 관한 회의가 아니라 그냥 1개월간 쉰다는 내용이었다. 교수님들도 '아싸, 한 달 논다' '오예, 한 달 동안 우리 딸이랑 마음껏 놀 수 있다' 등의 반응을 보였다. 한국 사람들은 이런 걱정 저런 걱정에 한숨을 쉬는데, 라오스 사람들은 즐거운 일만 생각하는 듯했다. 한국 사람들과 라오스 사람들의 근본적인 마인드 차이를 느낄 수 있는 모습이었다.

전 세계에 봉사단원을 파견하는 미국의 피스코프와 일본의 자이카도 철수를 했거나 철수를 논의 중이라고 했다. 이집트 단원들의 경우는 19일 아부다비(아랍에미리트)를 거쳐 한국으로 귀국할 예정이었으나 아부다비에서 한국으로 가는 노선이 사라져 다시 이집트로 복귀했다고 한다. 몽골은 육로와 하늘길이 모두 막혀 단원들 모두 몽골에서 대기하는 중이라고 했다. 필리핀도 루손섬 락다운으로 인해 지방의 단원들이 수도인 마닐라로 올 수 없어 일시귀국을 준비조차 못 하고 있다고 했다. 더욱이 계엄령으로 저녁 8시 이후로는 외부에 나가지도 못한다고 했다. 에콰도르는 전세기를 띄웠지만 미국과 한국으로의 항공이동 전면금지로 인해 귀국을 못 하고 있으며, 엘살바도르의 경우 17일과 18일 전 단원이 일시귀국을 위해 공항으로 갔으나 공항폐쇄로 발이 묶였단다. 또 벨리스는 벨리스 봉사단 사무소까지 폐쇄됐다. 다만 인도네시아는 코로나19 음성판정 의사소견서가 있으면 출국이 가능하다고 했다.

라오스는 19일 현재 확진자가 없으나 태국이나 베트남 등 주변국에서 확진

사례가 증가하고 있고 음압병동이 없는 라오스의 열악한 의료여건 등을 감안해 확진자 발생 시 일시귀국시키기로 결정을 내렸다. 이곳에서는 치료하기가 어렵기 때문이다. 라오스 보건당국은 이미 주요 국경일 행사와 회의를 취소하고, 인접국과의 국경검무소도 폐쇄했다. 더욱이 라오스에서 한국으로 가는 직항편은 물론 캄보디아를 경유하는 노선도 오늘 막히고 말았다. 다만 방콕을 경유하는 노선은 남아서 서둘러 일시귀국이 결정되고 항공편이 마련됐다. 3일 후인 일요일 비엔티안으로 가서 그다음 날 한국으로 들어가는 항공편이다. 이 항공편마저 언제 막힐지 모른다고 했다. 이런 사정이 알려지면서 처음에는 13명만 일시귀국을 하겠다고 했으나 하루 사이에 11명이 더 귀국을 결심해 24명이 됐다. 현지에 남는 사람은 30여 명이었다.

봉사일기

나는 그대로 닭을 튀기고 있을 테니 언제든지 돌아와!

오늘은 하루 종일 작별인사를 하러 다녔다. 먼저 루앙프라방 교육대학 ICT 분야 교수님들과 작별 사진을 찍었다. 교수님들은 내가 마치 한 달간 휴가를 떠나는 것처럼 생각했다. 한 달간 전국의 모든 학교가 휴교에 들어가 자기들은 가족들과 좀 더 시간을 보낼 것이라고 했다. 그러니까 나도 한 달간 집에 가서 가족과 시간을 보내는 것으로 생각하는 듯했다. ICT센터장은 나에게 한 달 동안 영상수업 매뉴얼을 만들라는 지시를 내리기까지 했다.

하지만 나는 언제 다시 돌아올지 기약할 수 없었다. 사진을 찍고 집으로 돌

그리운 라오스의 길거리 풍경

아오는 길에 핸드폰에 저장된 단체사진을 보았다. 나를 포함한 교수님들은 다 웃고 있었지만, 나는 그 웃는 얼굴이 슬퍼 보였다.

다음에는 내가 자주 찾은 길거리 치킨집 아주머니에게 인사를 하러 갔다. 내가 처음 갔을 때 '닭날개'라는 단어를 몰라서 헤맬 때 직접 팔을 허리춤에 붙여 파닥거리며 몸으로 시전해 준 할머니였다. 내가 부족한 라오스어와 몸짓으로 '한국에 가서 한두 달 있다가 온다'고 하자 정말 아쉬운 표정을 지으며, 자기는 두 달 후건 1년 후건 이 거리에서 그대로 닭을 튀기고 있을 테니 언제든지 돌아오라고 했다.

다음에는 집주인 가족에게도 잠시 동안의 이별을 알렸다. 집주인 아저씨·아주머니와 딸도 언제 돌아올 건지, 미리 받은 돈은 돌려주어야 하는지를 계속 물어봤다. 나는 짐을 두고 갈 거라면서 한두 달만 있다가 돌아올 거라고 확신시켜 주었다.
사실 언제 돌아올지, 과연 돌아올 수 있을지 아무것도 확실한 것은 없다. 코로나19 바이러스가 갑자기 사라질 것 같지는 않고, 자국민이 죽고 의료시스템이 붕괴되는 상황에서 여러 나라가 닫았던 국경을 한두 달 지났다고 다시 열 것 같지도 않다. 코이카의 규정도 3개월 이상 업무에 복귀하지 못하면 자동으로 계약이 해지되게끔 돼 있다. 비상사태이고 불가항력적인 일 때문에 일시귀국하는 것이지만 이 조건에 예외가 생길 것 같지는 않다.

나는 오늘 드디어 깨달았다. '갑자기 이곳 사람들의 생활에 끼어든 내가 어느덧 이 사람들 생활에서 한 자리를 차지하고 있었구나' 하는 것을 말이다. 여기서도 나는 내 자리를 하나 마련해 살고 있던 것이다. 사람들은 어떤 일이 지속되면 당연하다고 생각해 그 생활의 고마움이나 즐거움 같은 것을 쉽게 잊어버린다. 나 역시 갑자기 귀국해야 하는 상황이 되자 그동안 누렸던 일상의 소중함을 느낄 수 있었다. 한국에 가서도 매일 감사하는 마음을 가져야겠다.

34

수도 집결

오늘 아침에 마지막으로 피트니스센터에서 운동을 했다. 일요일 아침에도 주인 아저씨는 어김없이 6시 30분에 문을 열었고, 피트니스센터와는 전혀 무관해 보이는 똥배를 자랑하며 뭔가를 드시고 계셨다. 하루 요금 1만 5000 낍을 건네는 나에게 역시나 사람 좋은 미소를 지으며 “물은 안 필요하냐”고 물으셨다. 나는 언제나처럼 집에서 가져온 물을 보여주며 “물, 가져왔어요”라고 말했다.

지금까지 아무 생각 없이 해 왔던 이런 일상이 하나하나 의식 속을 파고들었다. 1시간 반 정도 운동을 하고 집에 가서 남았던 식재료로 두 번째 아침식사를 했다. 10시 30분이 되자 약속했던 대로 루앙프라방의 한국식당 사장님께서 배웅을 오셨다. 우리 코이카 단원 4명은 엄청난 짐과 함께 루앙프라방 공항에 도착했다. 마지막으로 식당 사장님의 건강을 빌며 작별인사를 드렸다. 그동안 식당 근처를 걸어가면 들어와서 커피 마시고 가라 하시고, 식당에 음식을 먹으러 가면 항상 많이 먹으라면서 챙겨주던 사장님이셨다. 나는 언제 다시 만날지 몰라 다음에 여행으로라도 꼭 다시 오겠다고 말씀드렸다.

일시귀국을 위해서 대기하는 단원들

비엔티안에 도착해 바로 유숙소(해당 국가의 지방 단원이 수도에 올 경우 일시 머무르거나 잠을 자는 곳) 체크인을 하고 프랑스 병원에서 코로나 검사를 받았다. 라오스와 한국 간 직항편이나 베트남·캄보디아 경유 항공편이 사라진 지금 남은 항공편은 태국을 거쳐 한국으로 들어가는 길밖에 없었다. 하지만 설상가상 격으로 태국 정부가 22일 0시를 기해 갑자기 태국을 경유하려면 '코로나19 비감염 증명서'와 '질병 치료 관련 최소 10만 달러 보험증서'를 제출해야 한다는 '뜬금포'를 날렸다. 이 때문에 태국을 경유하려던 승객들이 비행기표를 사 놓고도 비행기를 못 타는 사태가 발생했다.
그런데 비감염 증명서를 발급받기가 여의치 않은 상황에서 비엔티안의 마호솟 병원과 프랑스 병원의 건강확인서를 제출하고 티켓을 발권한 사람이 있어서 우리도 프랑스 병원으로 몰려가 체온을 재고, 의사에게 몇 가지 테스트를 받고 건강확인서를 받았다. 또 라오스~태국 항공편도 곧 전부 취소될 거라는 소식이 들려서 당초 화요일과 수요일에 1차와 2·3차로 나눠 출국하려던 일정을 바꿔 다 함께 출국하기로 했다.

이틀 뒤 출국할 것으로 여겼던 단원들은 밤을 새워 짐을 싸는 등 한바탕 난리를 치렀다. 그들에게는 날벼락도 이런 날벼락이 없었을 듯싶다. 사무소에 들러 집 열쇠와 통장 그리고 그동안 보관하고 있던 영수증 등을 제출하고 공항으로 달려와 조바심 속에 출국을 기다리는 사람들의 마음은 새카맣게 타들어 갔다.

Chapter. 4

일시귀국 후

하지만 정해진 시간이 아니라 불가항력적인 일로
헤어지게 되니 아쉬움이 많이 남는다.

'이 사람들한테는 이렇게 해 줄걸' '이 일은 이렇게 했으면
더 좋았을 텐데' 하는 후회가 많이 남는다.

일시귀국 후

한국 도착

이른 아침에 다시 한국 땅을 밟았다. 방콕에서 대한항공편으로 귀국한 1팀과 막판에 비행기표를 구해 방콕에서 타이항공편으로 들어온 2팀까지 무사히 인천공항에 도착했다. 공항에서 발열검사를 받고 짐을 찾은 뒤 우리를 기다리고 있는 코이카 카운터에 국내연락처를 남겼다. 코이카 직원이 우리에게 마스크를 3개씩 지급했다. 국내에서 마스크를 구하기 힘들다고 들었는데 고마웠다.

나는 서울역으로 가는 공항철도 안에서 집이 있는 울산으로 가는 KTX를 예약했다. 열차 출발시각 10분 전에 서울역에 도착해서 내가 예약한 기차를 찾았는데 전광판에 없었다. 이상하다 싶어 표를 다시 확인하는데, 맙소사! 내가 구입한 기차표는 서울~울산행이 아니라 울산~서울행이었다. 이틀 동안 얼마나 정신없이 있었는지 실감이 났다. '다시 표를 사야 하나' 하고 표를 파는 카운터에 사정을 설명했더니 역무원분께서 친절하게도 표를 교환해 주셨다.

이민가방을 끙끙대며 옮겨 기차에 올랐더니 이번에는 짐을 적재할 공간이 없었다. 이민가방이 다른 사람들의 동선을 막을까 봐 전전긍긍하고 있는데 이번에는 승무원분이 다른 분의 양해를 얻어 짐 적재공간에 내 이민가방이 들어갈 자리를 마련해 주셨다. 이렇게 정신이 없는 와중에 여러 사람의 친절에 힘입어 겨우 울산에 도착했다. 그런데 마중을 나오기로 한 어머니가 대기장소에 없었다. 전화를 했더니 내 기차가 1시간 후에 도착하는 줄 알고 아직 출발도 안 하고 계셨다. 40분을 기다린 뒤에야 어머니의 차를 타고 집에 돌아왔다.

도착하는 즉시 질병관리본부에 전화를 걸어 지역에 있는 보건소의 연락처를 받았다. 보건소에 연락했더니 진단검사를 실시하지 않아도 되는데 자가격리는 지켜야 한다고 했다.

집에서 점심을 먹고 쉬고 있는데 라오스 대사관의 공지사항이 도착했다. 내가 떠난 당일인 3월 24일 한국국제보건의료재단 라오스 사무소가 '라오스에서 코로나19 확진자가 2명 발생했다'는 발표를 전하는 뉴스였다. 안전담당 코디님의 소식도 이어졌다. 3월 24일 현재 라오스에서는 의심환자가 118명인데, 처음으로 2명이 양성 반응을 보였고 116명이 음성 반응을 보였다고 한다. 첫 번째 확진자는 28세의 라오스 남성으로 비엔티안에 있는 크라운 플라자 호텔 직원이라고 했다. 3월 4일에 태국을 방문했고, 3월 9일에 비엔티안으로 돌아와 14일간 자가격리를 했단다. 자가격리가 끝난 3월 23일에 열이 나고 두통에다 목도 아프고 기침이 나면서 호흡도 곤란해 아침 9시에 미타팝 병원에서 검진을 받았는데, 양성 판정이 나왔다고 한다. 이에 따라 라오스 보건부는 3월 24일 오후 2시에 '라오스의 공식적 첫 확진자'를 발표했다.

두 번째 확진자는 36세의 여성으로 관광가이드라고 한다. 3월에 방비엥과 내가 거주하던 루앙프라방을 오가며 관광가이드를 했는데, 3월 10일부터 열과 기침이 나고 피로감 등의 유증상이 있었다고 한다. 그러나 검진을 받지 않고 있다가 증세가 계속되자 3월 23일 미타팝 병원에서 검진을 받고 확진 판정을 받았다고 한다.

이렇듯 라오스에서도 공식적으로 코로나19 환자가 발생함에 따라 현지에 머물고 있는 봉사단원들에게 가이드라인이 내려졌다. 비엔티안에 거주하는 단원은 전원 재택근무, 확진자 동선에 포함된 루앙프라방 단원도 전원 재택근무가 결정됐다. 귀국을 하지 않고 머물렀으면 나도 영향을 받았을 것이다.

이튿날에는 1번 확진자의 친구가 3번 확진자가 됐다. 이제 라오스도 코로나19 안전지대가 아님이 확실해졌다. 그리고 열악한 의료 형편과 정부의 관리 사정을 볼 때 일단 확산되면 걷잡을 수 없이 번질 듯싶었다. 우리는 사무소가 정확히 사태를 분석하고 적시에 귀국을 결정한 덕에 위험을 피했다. 라오스 현지의 사정이 앞으로 어떻게 변할지는 모르겠지만, '혼자만 피해 왔다'는 죄책감과 '그래도 잘했다'는 안도감이 교차하는 하루다.

일시귀국 후

만나면 헤어지고, 일을 시작하면 언젠가는 끝이 난다.

정말 아무것도 하지 않고 있다. 코로나19 사태로 자가격리 중이다. 우리는 라오스를 떠나 태국을 거쳐 입국했다. 라오스~태국편 비행기는 문제가 없었다. 하지만 태국~한국편 비행기에 확진자 3명이 탄 사실이 뒤늦게 밝혀졌다. 역학조사 결과 확진자 주위 3열에 앉았던 승객들은 검진을 받고 격리에 들어가야 한다고 했다. 검사를 받으러 오라는 연락이 없는 것으로 보아 다행히 나는 해당이 되지 않은 듯하다. 그래도 코이카 권장사항으로 자택에서 격리를 하고 있다. 1주일째다.

다들 알다시피 국내 상황은 의외로 심각해 어차피 자가격리를 하지 않아도 밖에 나가서 할 것도 없었다. 내 취미는 친구들과 만나서 수다를 떨거나 헬스장에서 운동을 하고 도서관에서 책을 읽는 것인데, 이런 시국에 친구를 만나는 것은 그 자체가 민폐일 수 있다고 생각했다. 또 헬스장은 4월 5일까지 강제 폐쇄됐고, 도서관도 사정은 마찬가지였다.

다행히 라오스와 달리 온라인 쇼핑이 엄청나게 편리해서 집에서 운동을 할 수 있는 기구를 샀다. 그리고 예전부터 읽어야지 생각만 하고 쟁여 놓았던 책들을 읽는 중이다. 예전에 읽었던 책들도 다시 들춰 보고 있다. 참 희한한 것이 예전에 읽었던 책들인데, 시간이 지나서 다시 읽으니 새로운 기분이 든다. 나는 책을 읽다 좋아하는 구절을 체크해 놓는 버릇이 있는데, 예전에 좋아했던 구절이 나이가 들어서는 감흥이 없고 예전에는 무심코 넘겼던 구절이 마음에 와닿는 것이 신기했다.

핸드폰 배경화면을 라오스 사무실에서의 마지막 사진으로 교체했다. 햇빛이 뒤에서 비치는 역광사진이 왠지 어두워 보였다. 라오스에서 일한 지 2개월밖에 되지 않았지만 그동안 정이 많이 들었다. 돌아갈 기약 없이 떠나 왔지만 사무실 사람들은 내가 당연히 학교 휴교령이 끝나는 4월 21일에 돌아온다고 생각하는 것 같았다.

만나면 헤어지고, 일을 시작했으면 언젠가는 끝나기 마련이다. 라오스에서의 봉사활동도 8개월 후인 11월이면 끝이 나게 돼 있다. 하지만 정해진 시간이 아니라 불가항력적인 일로 헤어지게 되니 아쉬움이 많이 남는다. '이 사람들한테는 이렇게 해 줄걸' '이 일은 이렇게 했으면 더 좋았을 텐데' 하는 후회가 많이 남는다. 부디 코로나19 팬데믹이 종식돼 라오스로 돌아갔으면 좋겠다.

일시귀국 후

현지어 학습보고서와 반기활동보고서

한국에 돌아와서 그동안 미루어 두었던 코이카 보고서를 작성하고 있다. 코이카 봉사단원에게는 크게 두 가지 보고서를 써야 할 의무가 주어지는데, 하나는 안전보고서이고 다른 하나는 활동보고서다. 안전보고서는 매월 자신의 신변안전에 대해 보고하는 것으로, 매월 초 10일까지 제출한다. 단순히 안전에 대해 체크하고 이상 상황이 발생하면 설명을 곁들이는 보고서로, 기간만 잘 지키면 된다.

반면 활동보고서는 꽤 공을 들여야 한다. 반기에 한 번, 즉 1년 단원은 두 번 작성한다. 제출기한은 4월 10일까지였다. 기관에서 일을 시작하고 2개월밖에 안 된 시점이라고 생각할 수 있지만, 실제는 그렇지가 않다. 내가 영월교육원에 입소한 날짜가 10월 14일이므로 근 6개월이 되는 시점에 보고서를 작성하는 것이다.

그동안 받았던 교육의 평가 및 개선 의견, 파견된 기관의 상황, 봉사단원으로서 어떻게 기관에 기여할 것인지 등의 수여도 조사, 거주하고 있는 지역 및 주거 현황, 활동을 하면서 겪은 애로사항이나 사무소에 건의할 내용, 남은 기간에 수행할 활동에 대한 계획 등을 쓴다. 즉 반기 동안 수행한 봉사활동을 평가하고 개선점을 생각하며, 앞으로 남은 기간에 어떻게 생활할 것인지를 생각해 보는 취지다.

봉사자로서의 마인드와 현지에서의 생활을 위해 영월에서 받은 국내교육부터 라오스에서 받은 현지적응교육, 또 그동안 기관에 파견돼 느꼈던 점 등을 생각해 보는 좋은 시간이었다. 그동안 찍어 둔 사진들을 보면서 잠시 추억에 젖는 시간이기도 했다. 라오스에 파견된 138기 단원은 여덟 명으로, 남자 셋과 여자 다섯은 국내교육 때부터 임지 파견일까지 다 친하게 지냈다. 마지막 날 맥주를 마시며 각 지역으로 헤어지는 것을 아쉬워하던 날이 생각났다.

일시귀국 후

아직도 라오스 생각

한국에 일시귀국해 있는 동안에도 라오스 생각을 하고 있다. 4월 1일 기준으로 라오스의 총 확진자는 10명이라고 한다. 비엔티안에서 7명의 환자가 나왔고, 루앙프라방에서 3명의 환자가 발생했다. 라오스 정부는 3월 30일부터 4월 19일까지 총리령으로 '주재국 내·외의 이동제한'을 실시했다. 즉 다른 지역이나 다른 나라로의 입출국이 완전 금지됐다.

일반 국민들의 이동도 제한돼 식품 구입이나 병원 진료를 제외하고는 움직임에 제약을 받는다. 10명 이상의 회의나 모임 또한 금지됐다. 내가 머물던 숙소 앞의 축구장도 잠정 폐쇄에 들어갔다고 한다. 병원·약국·슈퍼·주유소·은행·증권거래소·호텔 등 최소한의 시설만 운영하고 나머지 시설은 잠정 폐쇄에 들어갔다. 일반회사도 은행·수도·통신·전기·농산물시장·제약회사 등을 제외하고는 임시휴업에 들어갔다. 외국인들의 입국 또한 전면 금지됐다. 경찰과 군인들에게는 이러한 지시사항이 이행되도록 명령이 내려졌다.

이에 따라 라오스 코이카 사무소에서는 확진자 동선을 지속적으로 파악하고 공지하고 있다. 내가 근무하는 동안 자주 갔던 여행자거리, 박물관, 사원, 푸시시장 등도 모두 확진자 동선으로 파악돼 이동자제령이 내려졌다.

우리처럼 일시귀국하지 않고 라오스에서 계속 봉사활동을 하는 단원들은 당연히 재택근무에 들어갔다. 원래 4월 중순이면 '삐마이'라고 라오스의 신년이 시작돼 전국적으로 많은 행사가 열린다. 한국으로 치자면 설날과 같은 행사다. 가족들이 모여서 새해를 맞아 집 안팎을 청소하고 길거리에 나가 서로 물을 뿌리며 즐기는 라오스 최대의 명절이다. 하지만 올해는 코로나19로 인해 신년행사도 모두 취소됐다.

이 난리통에 루앙프라방에 산불이 발생했단다. 며칠째 산불이 번져 주민대피령까지 내려졌단다. 라오스는 한국처럼 헬기를 띄워 불길을 잡지 못한다. 인력으로만 산불을 진화한다. 하지만 불길이 너무 거세 사람들이 강 건너 번져가는 산불만 쳐다보고 있다고 현지인들이 안타까워했다. 사람들은 비를 기다리고 있지만 아직 우기가 시작되지 않아 비소식도 없다고 했다.

이런 가운데 국내 모 TV에서 '세계테마기행 - 라오스편'이 방영되고 있었다. 자가격리 중에 TV를 통해 라오스의 모습을 보니 그곳이 더욱더 그리워졌다. 라오스에서 같이 봉사활동을 펼치던 동기들도 TV를 보며 라오스를 그리워하고 있다고 했다.

일시귀국 후

라오스에 남겨두고 온 사람들이 그리운 하루

한국에 온 후 두 번째로 보내는 주말이다. 아직 우리는 자가격리 중이라 집 밖으로 나가지 못하고 있다. 우리 정부는 4월 1일 이후에 외국에서 입국한 모든 사람에게 14일간의 자가격리를 명령했다. 3월 24일에 입국한 우리는 엄격히 말해서 자가격리를 할 이유가 없지만 만약에 있을 위험을 막기 위해 질병관리본부와 거주지역 보건소에 연락해 증상을 체크하며 14일간 기꺼이 각자의 발을 묶었다.

입국 후 시설격리를 하고 있는 단원들이 카톡을 남겼다. 영월교육원에서는 47명이 격리 중이라고 했다. 27일에 코로나 검사를 했는데 전원 음성 판정이 나왔다고 한다. 검사는 독감검사와 비슷한 방식으로, 코 안에 면봉을 넣어 콧물을 채취하고 침을 채취해서 가져갔다고 한다. 14일간 시설격리를 하고 있는 단원에 따르면 옆방에 격리돼 있는 단원도 일절 볼 수 없다고 했다. 식사도 '우주복' 같은 방역복을 입은 교육원 직원이 방 밖에 놓고 가고, 발열 체크도 하루에 두 번이나 한다고 했다. 완전 중환자실에 있는 것 같다며 웃었다.

시설격리를 신청한 나머지 단원들은 인천공항 근처에 있는 호텔에 격리돼 있다고 했다. 전 세계 각지에서 입국하는 코이카 단원들이 국내에 있는 가족이나 친지들에게 폐를 끼치지 않도록 하기 위한 조치다.

이렇게 집 안에만 있으니 정말 이동할 수 있는 자유의 고마움이 절절히 느껴진다. 집 앞의 공원에는 벚나무 하나가 화사하게 꽃을 피우고 있다. 하지만 지금 나는 가까이에서 그 꽃의 아름다움을 즐길 수가 없다. 창밖으로 햇살이 빛나지만 나는 낮에 몇 시간 발코니에 드는 볕을 쬘 뿐이다. '어떤 것을 잃어야 그것의 소중함을 알게 된다'는 말이 정말 실감 나는 요즘이다. 그동안 덥다고 불평했던 라오스로 다시 돌아가게 되면 좀 더 뜨거운 햇살을 즐기고 사우나 같은 바깥 공기를 들이마시고 싶다.

라오스 사람들은 SNS 중에 페이스북 이용도가 압도적으로 높다. 그래서 라오스 친구들에게 페이스북 메신저로 안부를 물었더니 되레 나를 걱정해 주었다. "뉴스를 보니 한국, 이탈리아, 이란, 미국의 상황이 심각하더라. 너와 네 가족은 괜찮니"라고 안부를 물었다. 우리는 건강하고 조심하자는 말로 서로를 격려하며 연락을 마무리했다. 집주인도 반가운 메시지를 보내왔다. 나는 "곧 선물 보따리를 들고 갈 테니 걱정하지 마세요"라고 답장해 주었다. 사람 좋은 집주인 아저씨는 "선물은 됐으니 건강하게 돌아만 오라"고 말해 주었다. 라오스에 남겨두고 온 사람들이 그리운 하루다.

일시귀국 후

우리는 너무 많이 가졌다.

지난 11월부터 5개월 동안 나가 있었을 뿐인데, 요즘 들어 '한국'이 정말 새롭게 다가온다. 라오스에 있으면서 그곳 사람과 그들의 문화에 푹 빠졌던 탓일 수 있다.

아무튼 일시귀국해 가장 크게 놀란 점은 우리나라 사람들은 너무 많이 가지고 산다는 것이다. 마스크만 해도 그렇다. 코로나19가 염려되기 때문이라는 이유가 있겠지만, 마스크를 너무 많이 사 모은다. 이 때문에 마스크값만 껑충 뛰었다. 마스크마저 부익부 빈익빈이 된 듯해 입맛이 쓰다.

새롭게 나가오는 인상 두 번째는 '한국인은 참 많이 먹는다'는 것이다. 나부터 국내에서 자가격리 기간이 끝나자마자 체중이 급격히 늘었다. 코로나19 사태 속에서 다행히 확진자는 안 됐는데 '확찐자'가 돼 버렸다. 반찬 한두 개와 찰밥을 간소하게 먹는 라오스 사람들과 달리 우리네 식탁은 너무 풍성하다. 우리 집만 해도 반찬이 기본적으로 5개 이상이고, 짜디짠 국까지 있어 밥을 많이 먹을 수밖에 없다. 요즘 들어 라오스에 있을 때보다 밥을 두 배 이상 먹고 있다. 또 간식이며 과일이며 음료수까지 마구마구 섭취한다. 이게 다 필요할까 싶을 정도로 입 안으로 집어넣고 있다.

이렇게 많이 소비하는데도 뉴스에서는 소비가 너무 없다면서 '착한 소비'를 하자고 난리다. 나도 현재 중소기업들이 어렵고, 경제활동이 활발해져야 다 같이 잘살 수 있다는 생각에 동의한다. 하지만 필요 없는 것을 필요 이상으로 너무 많이 소비하는 것은 문제라고 생각한다. 예를 들어 술 소비량은 세계 어느 나라에도 뒤지지 않는다. 하지만 책 소비량은 거의 아프리카 수준이다. TV만 틀면 먹는 방송이 나올 정도로, 음식섭취량도 미국을 제치지는 못하겠지만 엄청난 수준이다.
게다가 우리나라에는 여전히 굶주림에 지친 결식아동들이 있고, 따뜻한 밥 한 그릇을 그리워할 독거 어른신들도 많다. 그들에게 TV 속 먹방은 즐거움이 아니라 고통이다. 나는 '착한 소비'도 좋지만 그보다 '진짜 필요한 것을 소비'하는 문화가 자리 잡혔으면 좋겠다. 기부와 자선 같은 소비 말이다.

일시귀국 후

일시귀국 때에도 생활비는 나온다.

코로나19 사태로 일시귀국해 국내에서 생활하고 있지만 생활비는 지급된다. 현지에서와 똑같이 생활비는 월 505달러다. 코이카의 생활비는 분기별로 1년에 4차례 지급된다. 즉 매달 받는 것이 아니라 3개월 치를 한꺼번에 받는다. 이 때문에 생활비를 받자마자 첫 두 달은 럭셔리하게 생활하다가 마지막 달에는 허리띠를 왕창 졸라매는 단원도 있다고 한다.

라오스의 대표적 관광지인 루앙프라방에서 근무한 나는 자칫 잘못했다간

파산할 수도 있어서 조심조심 생활했다. 우리 138기는 1~3월 1분기 생활비를 받고 3월 23일 귀국했기 때문에 4월 생활비와 5월 생활비 그리고 6월 생활비 중 21일 치인 1363달러 50센트를 국내에 있는 은행계좌로 받게 된다. 6월 생활비가 21일 치인 이유는 6월 21일로 일시귀국일이 90일째가 되기 때문이다. 코이카 규정상 일시귀국한 기간이 90일이 넘으면 자동으로 계약이 해지된다. 아프리카나 아랍권 나라에서 테러나 안전의 위협으로 일시귀국한 단원에게도 공통적으로 적용되는 규정이다. 이번 코로나19 사태는 전 세계가 위험에 빠진 경우로 이 '90일 일시귀국 시 계약해지' 규정이 적용될지는 아직 아무도 모른다.

라오스 대표관광지 루앙프라방의 위순나랏 사원

코로나19가 종식되지 않고 90일이 지나버려 전 세계로 파견됐다가 일시귀국한 모든 단원의 계약이 해지되는 상황이 온다면 그것 또한 문제가 될 듯하다. 누군가에게는 새로운 경험의 장이 될 수 있던 기회가 물거품처럼 사라지는 것이기 때문이다. 이런 까닭에 당초 은퇴를 하고 떠났던 시니어 단원분들은 조용히 취미생활을 하며 지내는 듯하지만 직장까지 그만두고 떠났던 20~30대 단원들은 초조하게 결정을 기다리고 있다. 만약 6월에 계약이 해지된다면 부랴부랴 다시 직장을 구해야 하기 때문이다. 지금처럼 고용시장이 꽁꽁 얼어붙은 상황에서 직장이 쉽게 구해질지도 미지수다. 어쨌든 일시귀국은 단원들의 안전을 제일로 생각해 결정한 것이니 앞으로도 좋은 결정이 날 것으로 기대해 본다.

일시귀국 후

코이카 귀국단원 대상 온라인으로 무료교육 제공

코이카 글로벌인재교육원으로부터 글로벌 인재 국내활동 지원을 위한 온라인 교육 과정 안내메일이 도착했다. 온라인 교육에는 라오스어 강좌도 있었다. 벌써 귀국한 지 두 달여가 지나서 라오스어를 많이 까먹은 상황이었다.

온라인 교육 사이트에는 일반직무, 외국어 과정, 지식 영상, 국제개별협력의 이해 과정 같은 코이카 자체 교육 콘텐츠와 감염병 예방교육 콘텐츠까지 다양하게 있었다. 라오스어와 비슷해서 그동안 관심이 갔던 태국어도 배울 수 있는 좋은 기회였다.

코이카 온라인 교육 플랫폼은 AI 추천 강의도 있었다. 나에게 필요한 강의를 인공지능이 추천해 주는 것인데, 나에게는 '멀리 가려면 함께 가라' '섬세함과 디테일로 승부한다' 등의 강의를 추천했다.

'멀리 가려면 함께 가라'는 말은 내가 군복무를 하던 시절부터 고민하던 주제였다. 나는 일처리가 남들보다 빠르고 남들이 쉽게 택하지 않는 모험적인 길을 택하기 때문에 남들과 같이 일하기를 싫어한다. 남들이 안정적인 길을 천천히 가려고 하면 내 기준으로는 괜한 시간낭비로 보이기 때문이다. 그리고 일처리를 서두르는 나 같은 사람은 섬세함과 디테일이 떨어진다. 일단 목표를 최단거리의 방법으로 완수하고 난 이후에 디테일을 보고, 조그만 문제는 무시해 버린다. 크게 문제가 될 소지가 있으면 향후에 수정하는 식으로 일을 한다. 그런데 인공지능이 어떻게 이런 나의 단점을 알고 강의를 추천했는지 나도 깜짝 놀랐다.

좀 아쉬운 점은 다른 단원들의 참여도가 너무 저조하다는 사실이었다. 1000명이 넘는 귀국단원들 중 온라인 교육에 참여하는 사람은 몇 안 됐다. 다들 오랜 기간 해외에 있다가 돌아와 여러 가지 일로 바쁜 듯했다. 이 때문에 담당자는 몇 차례 이벤트를 진행하며 온라인 교육 참여를 독려했다. 나라도 열심히 강의를 들어 온라인 교육을 100퍼센트 활용키로 마음먹었다.

일시귀국 후

E-volunteering 신청

일시귀국한 지 벌써 두 달여나 지났다. 그동안 라오스에서 근무하고 있던 학교는 개강을 했고, 나는 라오스로 돌아갈 날만 기다리고 있다. 그러던 중에 내가 도움을 준 영상미디어 교육에 열의가 있는 교수님들이 '언제 돌아오냐'고 연락을 해 왔다. 나는 어떻게든지 영상미디어 교육을 이어가고 싶었다.

그때 코이카 홈페이지에 E-volunteering(볼런티어링) 공지사항이 떴다.

E-volunteering이란 인터넷 등 온라인을 통해 수원국 파트너와 개발국의 특정 수요에 공헌하는 원격 봉사활동이다. 코로나19로 인해 물리적 제약이 생긴 새로운 환경에서도 해외봉사 파견사업의 목적을 달성하기 위해 계획된 온라인 기반의 봉사 프로그램이다.

봉사단원들이 한국에 머물면서 온라인을 이용해 봉사활동을 지속하는 방안이라 내 경우에는 매력이 있었다. 어차피 내가 교육하던 것이 영상미디어라 온라인을 이용한 교육도 충분히 가능할 것 같았다.

대상은 현재 코로나19로 인해 한국에 일시귀국해 있는 단원이고, 원래 계약이 끝나는 시점까지 계약을 유지할 수 있다고 했다. 나는 원래 계약기간이 11월까지이고 원래 어떤 형식으로든 계속 라오스를 도울 생각이었기 때문에 신청하기로 했다.

활동 방법은 화상채팅을 활용한 실시간 양방형 교육, 영상으로 수업을 녹화한 후 전달해 주는 콘텐츠 업로드형 교육, 이메일이나 문자메시지를 활용해 과제를 제시하고 소통하는 식의 과제수행형 교육으로 나뉘었다.

나의 경우는 실시간 원격강의는 힘들고 화상강의를 촬영해 전달해 주는 식이 좋을 것 같았다. 또 사무용품 구입 등 행정용도로 활동물품 지원비가 제공되고, 협력단의 제공시설을 이용할 경우 월 1회 기준으로 출장비가 지원된다고 했다.

무엇보다 반가운 것은 영상을 촬영할 때 코이카가 제공하는 시설을 이용할 수 있다는 점이었다. 코이카 시설에는 빔 프로젝터, 노트북, 칠판, 보드마카, 마이크와 촬영용 카메라가 갖춰질 예정이라고 했다.

E-volunteering 기간에는 한국에 머물기 때문에 생활비가 지급이 안 돼 생활이 좀 빠듯해 질듯하다. 6월 21일에 일시귀국 90일이 경과해 계약기간이 끝나고 다른 활동을 할 건지, 취업을 할 건지 고민하는 단원들이 많았다. 나는 E-volunteering을 신청하기로 했다. 어차피 생활비나 해외생활 경험 같은 것을 보고 지원한 것이 아니었고, 이런 형식이 아니더라도 루앙프라방 교육대학을 위해서 영상교육을 계속할 생각이었기 때문이다.

E-volunteering 제안 보고서를 쓰는 것은 역시나 좀 귀찮은 일이었고, 라오스 사무소의 담당 코디님과 몇 번의 피드백이 오간 후에 신청을 했다. 신청서를 쓰는 과정에서 루앙프라방 교육대학에 내가 필요하다는 공문서를 요청했는데, 부탁을 한 그다음 날 바로 공문이 도착했다. 라오스의 업무 분위기를 고려했을 때 깜짝 놀랄 만한 스피드였다. 여기에는 속사정이 있는데, 지금 대학 총장이 학교 행사를 영상으로 기록했으면 좋겠다고 해서였다. 영상 촬영이나 편집기술이 절실했던 것이다. 이런 상황을 다 감안한다고 해도 여기저기 결재를 받아야 하는 공산주의 국가에서 그다음 날 공문이 도착했다는 것은 정말 놀라운 일이었다. 어딘가에서 나를 필요로 하고 있다는 생각에 기분이 좋아졌다.

일시귀국 후

드디어 계약 만료

일시귀국한 지 2개월여 지난 시점이었다. 기다렸던 공지사항이 떴다. 사실 단원들은 일시귀국 후 90일이 지나면 자동으로 계약이 만료된다는 사실 때문에 이도 저도 못 하고 기다리고 있던 형편이었다. 조금이라도 빨리 재출국 여부가 정해져야 앞으로의 계획을 세울 수 있었다. 특히 휴학을 했던 학생들이나 회사를 그만두고 떠났던 20·30대 단원들의 초조함이 심했다.

결론은 '재파견 불가'였다. 공지사항에는 코로나19의 전 세계적인 확산세가 줄어들지 않고, 재파견 시점을 예측할 수 없어서 조기에 재파견 불가를 알린다는 내용이 담겼다. 결정적인 이유는 코이카 봉사단이 활동하는 국가들이 한국이나 미국·유럽과 비교해 상대적으로 보건의료 환경이 열악하다는 점이었다. 확산세가 주춤하다가도 예기치 못하게 재확산되면 감염성이 높은 코로나19 바이러스의 특성상 봉사단원들의 안전이 심각하게 위협받을 수 있다는 것이다.
아울러 코로나19가 종식될 가능성이 희박해 올해 8월까지 파견이 다시 이뤄지기 힘들고 9월 이후 재파견 역시 불투명한 상황이라고 했다. 그래서 불가피하게 3월 24일에 귀국한 우리는 6월 21일에 계약이 종료될 것이라고 공지됐다.

코이카는 지속적으로 국가별 코로나19 상황을 면밀히 모니터링해서 국가별로 안전한 봉사활동 여건이 확보되면 개별적으로 연락을 주기로 했다. 이번 코로나19 사태로 파견이 종료된 단원 중에 향후 동일 국가, 동일 직종, 동일 기관에서의 봉사활동을 희망할 경우 서류나 면접 전형 없이 신체검사 등 최소한의 준비과정만 거쳐 파견하기로 했다고도 한다.

많은 단원이 그동안 혼란스러워하고 짜증을 내기도 했지만 나는 어쩔 수 없는 일이라고 생각한다. 코로나19 바이러스가 전 세계에 창궐한 것은 인류가 처음 겪는 일이고, 봉사단원 전원 일시귀국이라는 조치도 유례가 없는 일이다. 그런 만큼 코이카의 이번 결정 역시 봉사단원들의 안전을 지키기 위한 필요불가결한 조치였다고 본다.

일시귀국 후

농촌봉사활동 신청

라오스에서 같이 파견된 동료단원으로부터 카톡 메시지가 왔다. 농촌봉사활동을 가자는 얘기였다. 동료단원의 말에 따라 코이카의 공식 블로그인 ‘월드프렌즈코리아’를 방문했다.

포스트 코로나 시대에 맞춘 10대 프로그램 중 하나인 국내 농촌봉사활동 ‘희망의 꽃’이라는 프로그램이 안내돼 있었다. 7월부터 8월까지 1주일씩 국내에 있는 농촌을 돕는 자원봉사 프로그램이었다. 해외에도 도움이 필요한 곳이 많지만 국내에도 해외 못지않게 도움이 필요한 곳이 많다. 나는 망설임 없이 지원했다. 같이 농촌에서 봉사하기로 한 동료단원은 아직 대학생이다. 그의 취업준비 시험 일정을 피해서 8월 마지막 주에 봉사활동을 떠나기로 했다.

코이카는 생활의 많은 것을 포기하고 해외봉사를 결심한 단원들이 코로나19 바이러스로 발이 묶이게 되자 국내활동 10대 프로그램을 마련했다. 코로나19로 대면활동과 해외파견이 어려운 상황에서 협력국 내 봉사단원들의 공백을 최소화하고 해외봉사단원의 역량과 봉사활동 경험을 국내에 환원하는 활동을 추진하는 것이 목적이다.

먼저 포스트 코로나19 대응 프로그램으로 내가 일전에 지원한 'E-volunteering'이 있다. 온라인을 이용한 원격 해외봉사활동과 함께 'E-volunteering 제도의 정착을 위한 아이디어 공모전'도 벌이고 있다. 나는 아이디어 공모에도 참여했다. 내 아이디어는 비대면 교육과 함께 국내 대학의 학생들과 해외봉사 수혜국 학생들의 버디 프로그램을 실시하는 것이 어떨까 하는 제안이었다. 사실 해외봉사활동은 해당 지역의 사람들에게 어떤 지식을 가르쳐주려고 가지만 봉사를 하다 보면 실상 그 나라 사람들에게 많은 것을 배워오게 된다.

나는 해외봉사를 하면서 안정된 직업이나 금전적인 것들을 최우선시하는 한국의 학생들이 제3국 사람들의 다양한 삶의 가치를 배웠으면 좋겠다는 생각을 많이 했다. 1년 이상 해외봉사활동을 떠나면 한국 생활에서 많은 것을 포기해야 하는 결과를 낳으므로 코이카를 이용한 버디 프로그램을 통해 자신과 가치관이 다른 사람들과 교류하면 좋겠다는 생각에서 제안서를 제출했다. 내 아이디어가 채택될지는 모르겠지만, 누군가 내 아이디어를 보고 형태를 바꾸든지 아니면 참고해서 다른 아이디어를 내놓든지 포스트 코로나 시대의 봉사활동에 조금이나마 반영됐으면 하는 바람이다.

다음 프로그램으로는 '글로벌 인재 개발협력 지식대전'이 있었다. 이 프로그램은 크게 세 가지로 나뉘는데, 해외봉사활동 단원들의 경험과 지식을 모아서 발굴된 지식 데이터를 공유하고 활용하자는 것이 목적이다.

먼저 해외봉사를 다녀온 단원들의 사례집과 업무 매뉴얼을 만들어 지식을 공유하는 프로그램이 있다. 또 해외에 있는 단원이나 직원들의 지식을 활용해 국가별 가이드북을 제작해서 국가별로 최신정보를 업데이트하고 파견국을 이해하는 기초자료를 제작하자는 것이 두 번째 프로그램이다. 세 번째 프로그램은 개발협력 관련 지식을 모아 코이카 중점 분야의 탬플릿을 개발하는 것이다.

해외 곳곳에 코이카 직원들과 단원들이 나가서 활동하다 보니 현지 상황과 관련해 쌓이는 지식의 양이 방대하다. 이런 지식들이 그냥 사장되는 것을 안타까워하던 참에 코이카 본부 차원에서 이런 프로그램을 마련한다는 소식이 반가웠다. 앞으로 파견될 예비단원들이 현지에 적응하는 데 도움이 될 뿐 아니라 저개발국으로 여행을 하거나 사업을 하러 가는 사람들에게도 많은 도움이 될 것이기 때문이다.

또 봉사단원들의 국제개발협력 및 세계시민교육 수강을 지원하는 '세계시

민교육과 자기주도형 온라인 교육 프로그램'이 있었다. 감염병 관련 교육 콘텐츠를 제작하고, 질병관리 및 위기대응현장 전문인력 양성을 위한 교육도 지원한다고 했다.

아울러 개발협력 분야의 취업이나 창업을 돕고 국내 지역사회 문제 해결형 창업을 지원한다든가, 지역 관광사업과 연계한 협동조합의 창업을 돕는 프로그램도 있었다.

내가 관심을 갖는 분야는 '사회적 가치 기여 프로그램'으로, 지역사회 문제 해결을 위해 농가일손돕기와 방역 봉사 및 마을정화 그리고 소외계층을 대상으로 도시락 나눔 사업 등을 펼친다. 또 자체적으로 마스크를 제작해 취약계층에 지원하기도 한다. '당신에게 날아온 파랑새'라는 테마로 봉사단원의 현지경험을 활용해 온라인 콘텐츠를 제작한다거나 다문화 이주여성과 협력해 해당 국가를 대상으로 동화책과 오디오북을 제작하는 사업도 있다. 나는 협력국 동화 제작에 관심이 생겨 공고가 나면 지원할 생각이다.

이 밖에도 코로나19 대응 지식 허브를 구축한다든가 코로나19 대응 협력을 지속한다는 프로그램들이 있었다. 앞으로 국내에서도 봉사활동을 지속하면서 교류하게 될 인연과 배움이 기대된다.

12

'당신에게 날아온 파랑새 프로그램' 신청

방금 설명한 포스트 코로나 시대에 맞춘 10대 프로그램 가운데 하나인 '당신에게 날아온 파랑새 프로그램'에 지원했다. 무엇보다도 '멈추지 않는 봉사 DNA를 가진 단원을 모집한다'는 캐치프레이즈가 마음에 들었고, 다문화 이주자들과 함께 국내외 취약계층 아동과 청소년을 위해 동화책을 제작한다는 목표가 멋져 보였다.

구체적으로는 일시귀국한 단원들과 다문화 이주여성들이 함께 동화책과 영상을 만드는 프로젝트다. 동화 스크립트를 단원들이 한국어로, 디문화 이주여성들이 해당국의 언어로 제작한다. 동화책에 들어갈 그림도 단원들과 이주여성들이 공동 제작한다. 이후에 이주여성들이 현지어로, 단원들이 한국어로 녹음을 해서 오디오를 제작하고, 영상 편집에 능한 단원들이 영상으로 만들어 배포한다는 계획이다. 나는 영어 번역과 한국어 음성 녹음을 신청했다.

나는 국내 다문화가정 문제와 이주노동자 문제에 관심이 많다. 실제로 작년에는 국내외 다문화가정 여성과 이주노동자들을 인터뷰해 자비로 책을 낸 적도 있다. 뉴스를 통해 알게 된, 구타당하는 이주여성과 이주노동자들의 실상이 너무 안타까워 뭐라도 해야겠다는 심정으로 책을 냈다. 친구도 가족도 없는 머나먼 이국땅에서 학대까지 당한다면 얼마나 서러울까 하는 생각에 책 제목도 '우리도 때리면 아파요'라고 정했다.

나 역시 외국에서 오랫동안 일을 해서 그 사람들의 고충을 어느 정도는 안다. 물론 나는 외국에서 공무원으로 일했고, 이주 목적도 달랐다. 따라서 국내 이주여성과 이주노동자들이 얼마나 힘들게 살아가는지 완전하게 이해하지는 못한다. 하지만 이방인이 겪어야 하는 불안과 고충에 대해서는 공감 가는 부분이 적지 않다.

나는 더 늦기 전에 우리 사회도 본격적으로 외국인 문제를 다뤄야 한다고 생각한다. 한국은 이제 더 이상 단일민족의 국가가 아니다. 저출생으로 인한 인구 절벽의 문제도 점점 심화되고 있다. 따라서 앞으로 다른 문화를 가진 한국인이 증가할 것은 불 보듯 뻔한 일이다.

이런 상황에서 일반 국민들의 의식 수준이 변화하는 사회상을 따라가지 못한다면 여러 가지 문제가 발생할 수밖에 없다. 미국이나 유럽에서 보는 외국인들의 폭동이 한국에서 일어나지 않으리라고 누구도 장담하지 못한다. 실례로 다문화가정에서 자라난 아이들이 학업부진을 겪고 사회에서 문제를 일으키는 사례가 늘었다고 한다. 외국인 노동자들이 지역사회에서 문제를 일으키는 경우도 점점 느는 추세다.

이런 상황을 더 이상 악화시키지 않기 위해서는 우리 모두 다문화를 이해하려 노력해야 하고, 한국에서 살아갈 다문화 이주국민들이 원만하게 우리 문화에 적응할 수 있도록 배려하는 태도가 필요하다.

일시귀국 후

16.

숙소 정리와 택배

오랜만에 라오스 집주인인 사무엘에게서 연락이 왔다. 반가운 마음으로 왓츠앱 메시지를 보니 코이카 사무실에서 연락이 와 '집세 정산을 하자'고 했다는 것이었다. 코이카 사무실에 알아봤더니 집 계약을 끝내야 하므로 집주인에게 연락을 했다고 한다.

이제 정말 라오스에 돌아갈 수 없다는 사실이 실감이 났다. 지금까지는 라오스에 내 공간이 있다는 사실이 언젠가 돌아갈 수 있다는 희망을 주었으나 결국 집 계약까지 해지한다고 하니 정말로 라오스 생활을 정리하는 기분이 들어 씁쓸했다. 우리가 라오스를 떠나 한국에 돌아온 지 2개월이 훌쩍 넘었지만 일시귀국을 하게 된 단원들은 재파견 가능성을 두고 현지의 집 계약을 유지하고 있었다. 하지만 재파견이 불가능하다는 사실이 확실해지면서 계약이 종료된 만큼 현지의 집 계약 역시 종료해야 했다. 현지 사무실 코디님들이 각 지역으로 출장을 가 집 계약 해지를 마무리한다고 했다.

나는 코이카에서 집 계약 해지를 위해 언제 찾아갈 것이라고 집주인에게 전해 주었다. 그날이 돼 현지 사무실 코디님으로부터 전화가 왔다. 남은 집세를 돌려받았고 집에 남아 있던 내 흔적들은 택배로 보내주겠다고 했다. 그때까지 내 방에 남아 있던 음식물은 모두 버리고 옷가지와 책만 택배를 부탁했다. 이제 라오스에 남은 것은 아무것도 없게 됐다.

집주인이 코디님을 통해 그동안 고마웠다고 전해 왔고, 나도 집주인에게 연락해서 그동안 고마웠다고, 코로나19 사태가 끝나면 찾아가서 정식으로 인사를 드리겠다고 했다.

라오스에 있는 동안 정서적으로 집주인의 도움을 많이 받았다. 나는 그동안 혼자 외국에서 산 기간이 길었는데, 이상하게도 집주인들과의 관계가 좋지 않았다. 이것저것 트집을 잡아서 돈을 더 받아내려 하는 등 집주인들에게 많이 시달렸다. 하지만 라오스의 집주인은 달랐다. 우선 금전적인 실랑이가 없었다. 또 가끔 정원 관리를 하러 왔는데, 그때마다 자기들이 먹을 것을 가져와 나눠주고 청소도 해주는 등 항상 부모님처럼 나를 대해 주었다. 특히 집주인의 아들이 한국을 방문한 경험이 있고 지금은 중국에서 유학을 하고 있어서 말이 잘 통했다. 집주인의 딸도 K팝을 좋아해 내가 BTS 사진첩과 페이스마스크 같은 선물을 주었더니 정말 기뻐했다.

특정 집단에 대해 나쁜 경험이 쌓이면 편견이 생기게 된다. 집주인이나 건물주 등과도 마찬가지다. 그들과의 나쁜 경험은 나쁜 의식을 만들고, 그것이 쌓이면 나중에는 바로잡기가 쉽지 않다. 하지만 이번 라오스에서의 경험으로 인해 집주인에 대한 나의 인식이 조금 바뀌었다. 욕심 없고 따뜻한 집주인 가족 덕분에 마음 편하게 라오스 생활을 할 수 있었기 때문이다. 시간이 흘러 한국~라오스 간 하늘길이 다시 열리면 꼭 찾아가서 제대로 인사를 하고 싶다.

일시귀국 후

관용여권 폐기, 건강검진 예약

코이카 라오스 사무소 전체 카톡방에 귀국신고 관련 안내 공지문이 떴다. 라오스는 지금 우기라서 비가 자주 내리고 우중충한 날씨가 이어지고 있다고 한다. 건기가 한창인 11월에 갔다가 우기가 시작되기 전인 3월에 귀국한 나에게는 '비 오는 라오스'가 좀 낯설다. 내가 라오스에 머무는 동안 비가 내리는 모습을 본 것은 손가락에 꼽을 정도이기 때문이다. 늘 집 밖으로 나가면 건조한 사우나에 들어가는 기분이었다.

일시귀국 90일이 초과돼 귀국신고 대상자가 된 나는 온라인으로 계속 봉사활동을 하겠다고 신청을 했는데, 나 같은 경우는 어떻게 되는지 문의했다. E-volunteering 신청자도 동일하게 귀국신고를 하고 추후에 E-volunteering 활동이 승인 나면 후속조치가 이어질 거라고 했다. 이제 정말 해외봉사활동이 끝난다는 게 실감이 났다.

해외봉사를 가려고 했을 때 서류를 제출하고, 서울까지 가서 면접을 보고, 영월에 집단 입소를 해서 국내교육을 받았다. 출국 일자가 두 번이나 앞당겨지는 우여곡절 끝에 라오스에 겨우 도착할 수 있었다. 이어 라오스 비엔티안에서 현지적응교육을 받은 후에야 봉사활동을 시작했다.

그렇게 힘들게 봉사하러 떠났을 때에 비해 귀국신고는 생각보다 단순했다. 코이카 지정 병원에서 건강검진을 받고 관용여권을 폐쇄한 후에 코이카 홈페이지에서 건강검진 확인서와 여권 폐기 확인 사본을 제출하면 끝이란다.

먼저 내가 거주하는 울산에서 가장 가까운 KMI한국의학연구소 부산센터에 전화를 걸어 코이카 귀국단원 건강검진을 예약했다. 원래는 인터넷 예약도 있다고 하는데, 인터넷에서는 코이카 귀국단원 건강검진을 예약하는 곳을 찾을 수 없었다. 출국 전 검사 때는 없던 '위 내시경' 검사를 받을 때 수면마취를 할 건지 묻는 질문에 다른 방법은 없냐고 물으니 내시경이 싫은 사람은 약을 이용해 X-RAY를 찍는 검사로 대체할 수 있다고 해서 그 방법을 선택했다.

건강검진은 계약해지 시점에서 30일 이내에 하면 되지만 나는 계약해지일 이틀 후로 약속을 잡았다. 귀국 건강검진에서 이상 징후가 발견되고 현지에서 발병한 것이라는 의사 소견이 있으면 치료비도 보상받을 수 있다고 했다. 라오스에서는 잇몸이 안 좋고 귀도 약간 불편했으나 귀국 후에 괜찮아졌는데, 이번에 몸 전체를 검사받는다는 소식에 안심이 됐다. 검진 항목에는 신체 계측, 스트레스 검사, 흉부 X-RAY, 심전도 검사, 혈액검사, 소변검사, 치과 검사, 위 내시경 등 많은 신체검사가 포함돼 있었다. 검사 비용은 '당연히' 코이카에서 지원해 준다.

건강검진 예약을 끝내고 관용여권 폐기를 위해 시청에 갔다. 시청 여권과는 정말 한산했다. 손님보다 시청 여권과 직원들이 더 많았다. 출국 전에 맡겨 두었던 내 여권을 찾고 관용여권 폐기를 부탁했다. 라오스 비자가 붙어 있는 폐기된 관용여권을 한참 동안 말없이 내려보았다.

일시귀국 후

15.

건강검진

건강검진을 받는 날이라 아침부터 서둘렀다. 코이카 단원이 건강검진을 받을 수 있는 곳은 서울, 수원, 대구, 부산, 광주, 대전, 원주, 제주 등 전국에 여덟 곳이 있다. 내가 거주하고 있는 울산에서 제일 가까운 곳은 부산의 KMI 한국의학연구소다. 평일은 오전 7시부터 3시까지, 토요일은 오전 7시부터 10시 반까지 운영한다.

출국 전 오전에 검사를 받으러 갔을 때 3시간 넘게 기다린 적이 있어 이번에는 오후로 신청을 했다. 그래도 안심이 되지 않아 1시간 일찍 센터에 도착했다. 낮 12시쯤이다.

오후의 부산센터는 한산했다. 출국 전 검사에서 1시간 넘게 나를 기다리게 했던 초음파 검사를 제외하고는 거의 기다리는 일 없이 일사천리로 검사가 진행됐다. 허리둘레는 많이 줄고 허벅지 둘레가 많이 늘어 있었다. 6개월 사이에 많이 건강해졌다는 증거였다. 그도 그럴 것이 라오스의 생활은 단순했다. 밤늦게까지 술을 먹지도 않았으며, 시간적 여유는 있는 반면 차나 오토바이를 이용할 수 없어서 많이 걸었다. 또 여가시간에는 할 일이 크게 없어서 매일 피트니스센터에서 운동을 했다. 귀국해서 주변 사람들과 어울리느라 다시 건강하지 않은 생활패턴으로 돌아왔지만 아직 건강한 몸을 유지하고 있는 게 신기했다.

면담을 진행하시는 의사 선생님은 코이카 봉사활동을 아시는지 "좋은 곳에서 봉사활동을 다녀왔네"라고 하셨다. "코로나19로 조기 귀국해서 안타깝겠다"는 말씀에 다시 내가 근무하던 루앙프라방의 모든 것이 그리워졌다. 이런 조그만 일들이 내가 떠나온 곳을 더욱 그립게 만든다. 마지막으로 치아 검진을 받았는데 6개월 동안 치과를 갈 수가 없었고, 먹는 것도 부실하다 보니 잇몸이 좀 상해 있었다. 스켈링도 하고 꾸준히 치과 진료를 받으라는 말을 들었다.

검사가 끝나니 오후 2시가 조금 넘어 있었다. 감상에 빠져 어제 저녁 9시부터 아무것도 먹지 못한 사실을 잊어버리고 있있다. 치이 검진까지 마치고 허겁지겁 늦은 점심을 먹고 지하철을 탔다. 버스 정류장에 와서 집으로 향하는 길에 주위를 둘러보았다. 사람들은 모두 마스크를 쓰고 얼굴을 반쯤 가린 채 바쁘게 목적지를 향해 움직이고 있었다. 천천히 움직이며 주위를 두리번거리던 라오스 사람들과는 많이 다른 모습이었다.

코로나19 사태의 영향도 있고, 당분간은 라오스에 갈 수 없겠다는 생각이 들자 불현듯 아쉬운 감정이 북받쳐 올랐다. 라오스에 남겨두고 온 동료 선생님들, 학생들, 친구들을 다시 만날 수 없다고 생각하니 갑자기 슬퍼졌다.

언제 다시 그리운 라오스에 돌아갈 수 있을까.

일시귀국 후

진짜 마지막, 이제부터 뭘 할 거야?

건강검진까지 마치고 계약종료 보고를 하기 위해 코이카 홈페이지에 접속했다. '윈도우즈 익스플로어'에 자동 기억돼 있는 아이디와 비밀번호가 틀렸다는 메시지가 떴다. 지난주까지 잘 접속했던 아이디와 비밀번호가 작동하지 않자 괜히 짜증이 났다. 귀국 후 90일이 지난 6월 21일 자로 계약이 종료돼 아이디까지 삭제됐나 싶은 생각이 들었다. 하지만 귀국신고를 해야 하니 아이디가 삭제될 리는 없었다. 코이카 라오스 사무실에서 보내준 매뉴얼대로 홈페이지 메인화면에서 다시 로그인을 시도하니 접속이 됐다.

설문지와 진로희망조사서를 입력해야 했다. '지금부터 이렇게 할 거지?' '이제 무얼 할 거야?' 식의 질문이 많았다. 나는 제대로 대답할 수 없었다. 당장은 코이카에서 진행하는 비대면 원격 해외봉사와 농촌봉사활동 신청도 해 놓았고, 이주여성들과 함께하는 동화책 제작 프로젝트도 진행하고 있다. 하지만 이런 일들이 마무리되는 내년에는 내가 무엇을 하고 있을지 나조차도 알기 힘들었다.

예전의 나 같았으면 해외봉사 이력으로 국제기구 진출을 계획하고 있었을 것이다. 미공군부대 3년 경력, 뉴질랜드 재경직 공무원 5년 경력에 해외봉사 경력을 더하면 국제기구 취업이 어려운 일은 아닐 것이다. 하지만 해외봉사를 하면서 나는 가치관이 많이 바뀌었다. 낙천적이고 여유롭게 살아가는 사람들 틈에서 생활의 태도가 많이 바뀌었다. 누군가가 해외봉사를 떠나면 도움을 주기보다 오히려 도움을 받고 온다고 했는데, 나는 라오스 사람들에게 정신적으로 많은 도움을 받았다.

새로운 환경에서 다른 인생관을 가진 사람들 틈에서 5개월 사는 동안 나 자신이 많이 바뀌었다. 욕심 부리고 여유 없고 나 자신밖에 모르며 경쟁에 허덕이던 내 모습이 사라졌다. 욕심과 이기심, 경쟁과 서두름이 없어진 자리에 배려와 이타심, 남을 따뜻하게 바라볼 수 있는 마음과 남보다 천천히 갈 수 있는 여유가 자리 잡았다.

물론 내 성공을 위해서 반평생을 바친 우리 부모님과 내 주변에서 치열하게 살아가는 지인들의 눈에는 내 모습이 한심해 보일 수도 있다. 하지만 성공이나 행복의 기준은 사람들마다 다르니까 나는 천천히 나만의 기준을 만

들어 나갈 생각이다.

진로희망조사서에 '아직 미정'이라고 적어 넣었다. 그리고 마음에 이런 말들을 적어 넣었다. '천천히 진로를 만들어 가고 있는 중' '아직 늦은 것이 아니다' 등을….

나는 고등학교를 마치자마자 대학교에 떠밀려 진학했다. 평생 직업과 연결될 수 있는 대학 전공도 점수에 맞춰서 생각 없이 선택했다. 대학교를 졸업하자마자 군대에 갔다. 군을 제대하기 전 몇 개월도 다음 진로를 정하느라 여기저기 면접을 보러 다녔다. 그리고 떠밀려서 취업을 했다.

귀국신고서 제출 버튼을 누르면서 생각했다. 인생의 반도 아직 살지 않았는데, 다음 목적지는 한번 천천히 생각해 보고 결정하는 것도 나쁘지 않겠다고.

Chapter. 5

E-volunteering

수업 내용 전체를 외우는 것은 당연히 시간이 많이 들 듯하다.
다 외운 말을 카메라 앞에서 하는 것도 몇 번씩 연습을 해야 한다.

그러나 이런 과정에도 불구하고, 현지 사람들과의 소통에서
오는 행복함 때문에 원격봉사도 즐겁게 할 수 있는 것 같다.

E-volunteering

원격봉사 승인이 나다.

드디어 E-volunteering 원격봉사 승인이 떨어졌다. 코로나19로 라오스로 돌아갈 길이 막힌 상황에서 온라인으로나마 봉사활동을 계속할 수 있게 됐다.

우리 라오스 동기 중에서도 한 분이 더 신청하셨는데, 교육영상을 만들어 청소년센터에 전송한다고 하셨다. 하지만 청소년센터에 컴퓨터와 빔프로젝터가 없어서 선생님들이 그 교육영상을 보고 해당 내용을 익힌 후에 아이들에게 가르치는 형식이 될 것 같다고 했다. 청소년센터의 선생님들이 노트북이라도 가지고 있으면 아이들과 함께 교육영상을 보면 되는데 아쉽게도 그 지역의 선생님들에게는 노트북이 없는 듯했다.

그 동기분은 코로나19로 급작스럽게 봉사활동이 끝나 버렸으니 무엇이든지 해주려고 신청했다고 한다. 그리고 최근 해외봉사 트렌드는 소프트웨어적인 기술교육을 강조하고 있으나 현지 수혜기관은 하드웨어적인 지원을 원하므로 노트북과 빔프로젝터를 사주려고 이번 원격 봉사활동을 기획했기에 아쉬움이 남는 듯했다.

나의 경우는 대학교라 빔프로젝터도 있고 교수님들도 모두 개인 노트북을 가지고 있어서 이런 지원이 별로 필요 없을 듯했다. 또 학생들도 거의 모두 스마트폰을 가지고 있어서 내가 만든 교육영상을 개인적으로 시청하며 교육이 가능할 것 같다.

나는 한 달에 한 번씩 서울 양재교육원에 가서 수업 영상을 촬영하기로 했다. E-volunteering도 라오스 현지 코디네이터가 관리한다. 코디네이터에게 물었더니 미리 출장계획서를 올려야 한다고 해서 출장계획서를 작성했다. 출장계획서는 출장의 일정과 목적을 작성하게 돼 있었다. 나의 경우는 영상 촬영장비가 갖춰진 코이카 양재교육원 강의실 사용이 목적이었고, 일정은 울산에서 서울까지 올라가는 시간이 있어서 1박 2일로 잡았다. 출장보고서에 별첨으로 양재교육원 숙소 및 시설 이용 동의서와 집에서 서울까지의 교통편 영수증을 첨부해야 했다.

처음 하는 강의 녹화라서 긴장되는 것은 사실이다. 코디님께서는 코이카에서도 처음 시도하는 것이지만, 그리 부담을 가질 필요는 없다고 말씀해 주셨다. 하지만 내가 만든 강의영상을 많은 사람이 본다는 사실이 적잖이 부담스러웠다. 내가 만들기로 한 강의영상은 영상을 만드는 기본을 가르쳐 주는 내용이다.

첫 번째 강의는 영상 촬영법에 관해서 강의하기로 했다. 원래 '영상 제작 입문'에서 영상 촬영 강의를 하자면 카메라와 마찬가지로 빛에 대한 이해가 선행돼야 한다. 사람의 눈에 보이는 것과 영상기기에 담기는 모습은 다르기 때문이다. 빛을 조절하기 위해 조명 기자재를 다루는 법 등 빛의 방향과 높이, 빛의 질감, 빛이 가진 고유한 색을 차례로 강의해야 한다. 정면광·측면광·역광에 대한 기본적인 이해도를 높이는 것은 물론 직사광선 등의 하드 라이트, 크기가 작은 램프의 점광원이나 큰 램프의 면광원, 빛의 분산재 사용법을 이해시키고 빛의 온도에 대해서도 설명해야 한다.
또 피사체를 비추는 가장 주된 라이트인 주광, 주광 반대편에 생기는 그림자의 농도를 조절하기 위한 보조광, 인물 뒤쪽에서 인물을 배경과 분리하기 위해서 사용하는 빛인 역광이나 인물의 어깨 또는 머리 쪽에 밝은 라인을 만들어 인물을 배경에서 분리하여 입체적인 영상을 만들기 위해 쓰는 모델링 조명 등을 설명해야 하지만, 루앙프라방 교육대학의 촬영기기를 감안했을 때 최대한 단순하게 바로 영상 촬영에 적용할 수 있는 수업이 돼야 할 것 같았다.

따라서 설정샷, 마스터샷, 커버리지샷만 우선 설명하기로 했다. 루앙프라방 교육대학은 외부에서 손님이 많이 오고 학교 행사도 많아서 교수님들이나 학생들이 행사촬영을 하는 경우가 종종 있었다. 행사 촬영에 쇼트개념은 필수다. 설정샷은 먼저 그날 행사의 목적과 분위기 등을 하나의 샷으로 보여주는 것이다. 행사가 벌어지는 공간에 대한 기본적인 설명을 해주는 개념이라고 보면 된다. 여기에서 롱쇼트나 익스트림 롱쇼트 기법으로 대학교 공간을 보여주며, 당일 행사가 벌어지게 될 장소에 대한 사전정보를 제공하게 된다. 그리고 앞으로 어떤 일이 벌어지게 될지 간단한 소개나, 아니면 어떤 분위기의 행사가 될지를 영상으로 설명도 한다.

이런 설정샷은 보통 영상의 시작이나 마지막 부분에 위치한다. 설정샷이 장면이나 이벤트 중간에 들어간다면 시각적인 긴장이 완화돼서 집중도를 떨어뜨리기 때문에 각별히 조심해야 한다. 이런 설정샷이 없으면 영상을 보는 사람들은 어떤 장소에서 행사가 벌어지는지 아예 모르거나 아니면 영상을 보는 도중 시간을 들여서 찾아내야 하는 상황이 발생한다. 학교를 알리고 학교에서 열리는 행사를 홍보하는 영상의 목적상 시청자들이 장소에 대한 개념을 잡기 힘들다면 홍보에 실패할 수 있으므로 가장 신경 써야 하는 부분이다. 설정된 공간에 대한 장면을 반복해 리마인드시키는 것을 재설정 쇼트라고 하는데, 학교를 소개하는 영상의 목적상 재설정 쇼트에 대해서도 간단하게 설명할 생각이다.

두 번째는 마스터샷이다. 마스터샷은 영상의 시작부터 마지막 행사가 끝나는 지점까지 롱테이크로 계속 촬영한 샷이다. 커버리지샷은 이런 마스터샷을 메인으로 찍고 클로즈업샷과 인서트샷 등의 각도나 화면 크기를 다르게 설정한 샷들을 추가로 촬영하는 것을 말한다. 어떤 갈등이 고조되거나 중요한 사람이 등장하면 점점 가까이 다가가며 찍어야 그 상황을 강조하고 긴장도를 높일 수 있다. 마스터샷과 커버리지샷을 조화롭게 찍어서 나중에 다채롭게 편집해야 시청자들의 집중도를 높일 수 있다. 전체적인 공간을 보여주면서 가끔 행사에 참여하는 사람들의 얼굴이나 몸짓 등등을 다양하게 보여주면 사람들이 흥미를 잃지 않고 보게 된다.

이런 모든 이론과 실습을 영상 강의로 어느 정도까지 보여줄 수 있을지 의문이다. 하지만 계속 봉사를 이어갈 수 있다는 사실에 감사하면서 열심히 할 요량이다.

서울에서의 첫 강의 녹화

첫 녹화를 위해 서울에 올라가 양재교육원의 강의실과 숙소를 예약했다. 양재교육원 예약은 개인적으로는 할 수 없고 현지 사무소 코디네이터를 통해야 한다. 코디님께 연락해서 출장계획서를 올린 것이 승인이 났고, 아침 일찍 서울행 KTX를 탔다. 울산에서 서울까지는 2시간 30분 정도 걸렸다. 또 서울역에서 양재교육원까지는 1시간 넘게 걸렸다.

힘들여 온 보람만큼 양재교육원의 설비는 훌륭했고, 안내해 주시는 분도 친절했다. 강의실과 숙소를 배정받았다. 강의실은 8명까지 강의를 진행할 수 있는 곳으로 화이트보드와 책상, 빔프로젝터 그리고 컴퓨터가 마련돼 있었다. 다만 아쉬운 점은 강의 영상 촬영을 위한 삼각대가 없다는 사실이었다. 국내에서 E-volunteering을 진행할 때에도 외국에서 활동할 때처럼 현장물품지원비를 신청할 수 있다. 하지만 캠코더를 구입할 만큼 현장지원물품비가 배정돼 있지 않았으므로 나는 아예 신청하지 않았다. '삼각대만이라도 신청할 것을 그랬나' 하는 후회가 남았다.

동영상 촬영을 위해 개인적으로 새로 휴대폰을 구입했기 때문에 일단 휴대폰을 이용했다. 요즘 새로 나온 휴대폰은 거의 캠코더로 촬영하는 만큼의 퀄리티가 나온다. 다만 삼각대가 없다는 사실은 문제였다. 결과적으로 같은 영상을 몇 번씩이나 찍는 시행착오를 겪었다.
처음에는 테이블에 핸드폰을 세우고 영상을 촬영했다. 거의 20분에 걸친 첫 번째 강의를 마친 후 촬영된 영상을 보았는데, 큰 문제가 있었다. 촬영하는 휴대폰의 위치가 너무 낮아 영상 전체가 아래에서 위를 쳐다보는 식으로 촬영돼 있었다.
이렇게 찍은 강의 영상은 상당히 위압적이고 권위적으로 보인다. 사진기를 바닥에 놓고 사람이 서 있는 모습을 올려다보며 찍은 사진을 생각하면 이해하기가 쉽다. 또한 화면 안에 머리 위의 여백이 없어서 답답해 보이고 내가 움직이는 동선이 좁아 더 답답해 보였다. 원래 화면에 인물의 전체 모습이나 무릎 위의 모습을 촬영할 때는 머리 위에 어느 정도의 공간을 남겨두어야 하고, 그 인물이 바라보고 있는 방향에도 어느 정도의 공간을 주어야 한다. 그렇지 않으면 화면 전체가 답답해 보인다.

두 번째는 책상 위에 의자를 올려놓고 그 위에 핸드폰을 세워서 찍었는데, 이번에는 전체적으로 위에서 아래를 향해 찍은 결과물이 나왔다. 또다시 20분을 들여서 같은 영상에서 같은 말을 했는데 이번에도 못 쓰게 됐다. 영상에서 강의를 하는 내가 위축돼 보이고, 전체적으로 가르치는 사람으로서의 자신감이나 권위가 전혀 없어 보였기 때문이다. 영상을 위에서 아래를 향하게 찍으면 등장인물이 왜소해 보이고 뭔가 불쌍해 보인다.

이렇듯 시행착오를 겪으면서 결국은 똑같은 영상을 세 번이나 찍게 됐다. 앞의 두 영상은 실수였지만, 결과적으로는 내 강의에 도움이 되는 영상이 됐다. 왜냐하면 나는 영상미디어를 강의하고 있고, 어차피 첫 번째 강의는 촬영에 대한 내용을 담을 예정이었다. 이때 내가 실수로 각도를 잘못 잡은 영상을 자료로 삼아 '이렇게 하지 말라'는 식으로 사용하면 되겠다는 생각이 번쩍 들었다.

출장 후에도 일이 많다.

집에 돌아와서 수업 영상 편집을 했다. 이틀이나 강의실에서 촬영한 영상이지만 도저히 마음에 들지 않았다. 온라인으로 강의를 녹화한다는 것이 결코 쉬운 일이 아니었다. 특히 다른 사람의 도움 없이 혼자 찍어서 더 그런 것 같았다. 그도 그럴 것이 나는 내가 가지고 있는 핸드폰으로 촬영을 했고, 사운드를 잡아줄 마이크도 없었으며 조명도 없었다. 심지어 삼각대도 없었다. 영상 촬영과 편집을 가르치는 내가 영상을 대충 만든다면 내 영상강의를 보는 학생들에게도 면목이 없을 것 같았다.

편집의 기술로 촬영의 부족함을 메우기 위해 최선을 다했다. 마침 내가 가르치는 과목이 영상 편집이라 다행이었다. 내가 촬영의 미흡한 점을 편집으로 어떻게 보완하는지 보여주면서 강의를 편집했다. 학생들이 이 영상강의를 어떻게 받아들일지 상상을 하면서 즐겁게 작업할 수 있었다.

출장 변경

'2주 전에는 출장 신청을 해야 진행이 원활하게 된다'는 말을 듣고 미리 출장 신청을 했다. 한 달에 한 번밖에 출장을 갈 수 없지만 1박2일이 아니라 2박3일의 출장이 가능하다기에 이번에는 2박3일의 출장을 신청했다. 8월 1일에 올라가 3일에 내려오는 기차표를 예약하고 영수증을 첨부해서 바로 현지 코디님에게 출장계획서를 보냈다.

그런데 출장을 가기 3일 전에 급한 사정이 생겨 8월 1~3일에는 서울에 올라가지 못하게 됐다. 부리나케 라오스 사무소에 있는 코디님에게 연락을 했더니 코디님도 난감해하셨다. 미리 본부에 공문을 보내고 강의실과 숙소까지 다 배정을 받아놓은 상태라고 하셨다. 나는 사정을 말씀드리고 1주일 정도 출장을 늦출 수 있는지 여쭤보았다. 내가 연락한 시간은 오후 6시가 다 돼서였다. 코디님은 바로 카톡으로 답장을 주셨고, 자기도 빨리 본부에 연락해서 변경 가능 여부를 물어보겠다고 하셨다. 그리고 그다음 날 아침에 '새로 기차표를 예약하고 변경계획서를 보내주면 가능하다'고 답변을 주셨다. 나는 서둘러 기차표를 다시 예약하고 계획서도 수정한 후 코디님께 메일로 보냈다.

현지 사무소의 코디님들은 라오스 현지에서는 거의 엄마같이 우리를 챙겨주셨다. 처음 우리가 라오스에 도착한 날 공항에 마중을 나와 비행에 지친 채 낯선 땅을 밟는 우리를 환영해 주고, 꽃까지 안겨 주면 피곤과 우려를 달래 주셨다. 현지 돈으로 교환된 생활비도 준비해 두고 계셨다. 또 우리가 머물 곳을 미리 마련해 주시고 먹을 것을 구할 수 있는 곳들을 다 챙겨주셨다. 그뿐 아니다. 현지에서 문제가 생길 때마다 해결해 주고, 근무하는 기관과의 협조사항이나 조율이 필요한 상황에서도 항상 중간에서 중재자 역할을 해 주셨다. 특히 올해는 코로나19 사태까지 터져 더욱더 고생을 하셨다. 갑작스러운 귀국을 돕기 위한 임시숙소 구하기, 도시 간의 육로가 막히고 항공길이 제한된 상황에서 국내선과 국외선 표구하기부터 이동계획까지 정말 수고가 많으셨다. 일시귀국 전날 코이카 라오스 사무소에서 뵌 코디님들은 며칠 잠을 못 잤는지 눈이 벌겋게 상기된 모습으로 계속 일을 하며 도시락으로 겨우 끼니를 때우고 계셨다. 라오스 현지에서도 우리 때문에 고생하신 코디님들을 한국에 와서도 괴롭혀야 한다는 사실이 미안했다.

E-volunteering은 의무사항이 아니고 단원들 중에서도 하고 있는 단원들이 많지 않다. 이 때문에 '괜히 이런 일을 해서 여러 사람을 힘들게 하고 있는 것이 아닐까' 하는 걱정도 들었다. 하지만 코로나19로 인해 갑작스럽게 중단된 내 강의를 기다리고 있는 라오스 사람들을 생각하면 당연히 해야 할 일이다. 앞으로는 미리미리 계획을 잘 짜서 라오스 사무소 코디네이터 분들이나 본부 직원들을 귀찮게 하는 일이 없도록 해야겠다고 마음먹었다.

E-volunteering

원격봉사의 현실적 어려움

현실적인 고충 하나를 얘기하려 한다. E-volunteering 프로젝트는 생각보다 시간을 많이 빼앗긴다. 언뜻 보기에는 '사무실에 출근하는 것도 아니고 강의 영상만 만들어서 보내면 되는데 뭐가 그렇게 엄살이냐'고 생각할 수 있다. 하지만 그게 그렇게 쉬운 일이 아니다.

강의를 하려면 일단 강의 준비를 해야 한다. 나 같은 경우는 영상미디어 단원이라 영상 촬영과 편집기술 강의를 하고 있다. 사람들이 많이 쓰는 프로그램이나 핸드폰으로 간단하게 편집하는 기술을 가르친다면 쉬울 수 있다.

하지만 사람들이 많이 쓰는 프리미어 프로나 베가스 같은 프로그램들은 사용하는 데 비용이 든다. 어도비사의 프리미어 프로 같은 경우에는 정액 사용제로 바뀌어 최소 한 달에 3만 원 가까이 되는 비용을 1년 동안 내야 한다. 베가스 프로 프로그램을 구입하려면 40만 원에서 70만 원까지 비용이 발생한다. 라오스 학생들이 내기에는 부담스러운 가격이다. 또한 영상 편집 프로그램은 고사양의 컴퓨터가 필요하므로 라오스 학생들이 가지고 있는 노트북으로는 사용하기에 무리가 있다. 핸드폰 영상 편집은 기능이 너무 제한돼 있고, 촬영이나 영상 편집 기술을 가르치기에는 너무 단순하다. 그래서 무료로 다운받을 수 있으면서도 어느 정도의 영상 편집이 가능한 프로그램을 골라서 가르치고 있다.

혼자 수업 영상을 촬영하고 편집까지 해야 하다 보니 수업 준비부터 시간이 많이 든다. 최대한 편집품을 줄이기 위해서는 무엇보다 실수를 줄여야 한다. 또 한국어로 수업을 할 수 없기 때문에 언어도 부담이 된다. 그래서 먼저 그날 수업할 자료를 모으고 연구한 뒤 스크립트를 작성했다. 하지만 스크립트를 읽으면서 수업을 했더니 영 어색했다. 이에 전체 내용을 외우기로 결심했다. 수업 내용 전체를 외우는 것은 당연히 시간이 많이 들 듯하다. 다 외운 말을 카메라 앞에서 하는 것도 몇 번씩 연습을 해야 한다. 그러나 이런 과정에도 불구하고, 현지 사람들과의 소통에서 오는 행복함 때문에 원격봉사도 즐겁게 할 수 있는 것 같다.

강의 녹화 환경

E-volunteering 프로그램 참가자들은 수업 영상을 녹화해서 해당 기관에 전송해야 한다. 나는 처음 이 녹화를 만만하게 보았다. '원래 내가 하는 대로 핸드폰 카메라로 찍어서 보내주면 되잖아, 뭐 힘든 게 있겠어?' 하는 생각이었다. 하지만 실행 과정에서 부닥뜨리는 문제점이 한두 가지가 아니었다.

먼저 언어 문제. 일단 다른 나라의 언어로 강의를 진행한다는 것 자체가 쉬운 일이 아니다. 영어를 쓰는 나라에 오랫동안 거주했던 나는 영어로 수업을 진행했고, 애초에 그 수업을 들으려 한 사람들은 영어 강의 수강에 큰 문제가 없는 편이었다. 하지만 다른 참여자들의 경우에는 영어로 수업을 듣기가 불가능한 이들도 있기 마련이다.
사람들과 대면하며 수업을 진행하면 언어가 그리 큰 문제로 다가오지는 않는다. 조금 걸림돌이 되기는 하지만, 수업을 하는 과정에서 만약에 뜻이 통하지 않으면 손짓과 발짓을 쓸 수 있고, 서로 눈치껏 어느 정도 알아들을 수 있다. 그것도 어렵다면 현지기관의 동료 직원으로부터 도움을 얻을 수도 있다. 하지만 비대면 강의는 이 모든 것이 불가능하다. 눈치나 몸짓으로 의사소통을 할 수가 없고, 동료 현지인들의 도움을 받을 수 있는 방법은 거의 없다. 수업자료에 대한 번역을 요청하는 방법이 있기는 하겠지만 수업 효과는 반감될 것이다.

다음의 문제는 이 영상강의 녹화가 녹록하지 않다는 것이다. 영상강의 녹화에서는 화면 구도나 강의를 진행하는 사람의 모습도 중요하지만 녹화를 끝내고 보면 항상 소리가 문제가 된다. 내가 한 말을 내가 잘 이해하지 못하는 경우도 많고, 소리가 너무 작거나 주위의 소음 때문에 내가 하는 강의가 묻혀 버리는 경우도 많이 발생했다. 보통의 봉사단원이 스튜디오 녹음실 또는 촬영 스튜디오를 가지고 있거나 대여할 수 있는 형편이 아니기 때문에 이 소리는 항상 문제가 된다.
다행히 코이카는 지방 단원들도 서울 양재교육원의 강의실을 빌릴 수 있도록 하고, 교통비와 교육원의 숙소도 제공한다. 특히 양재교육원은 엄청 조용하다. 이 때문에 소음 문제를 크게 걱정할 필요는 없다. 서울까지 가는 교통비에다 일비와 식비까지 지급되기 때문에 비용에 대한 걱정도 덜 수 있었다. 이러한 출장 제도가 없었으면 어떻게 했을까? 아마 모두가 잠들어 있는 새벽에 녹화하거나 돈을 내고서라도 촬영 스튜디오를 빌렸을 것 같다.

마지막 문제는 E-volunteering을 수행하는 동안 현지기관의 협조가 절대적으로 필요하다는 점이다. 현지에서 강의를 진행한다면 정해진 시간에 정해진 학생들이 강의에 참석한다. 물론 정식 학교가 아닌 곳에서 방과 후 수업을 진행할 때는 수업 참여자가 들쑥날쑥할 수도 있지만, 최소한 몇 명은 항상 강의에 참여한다. 어쨌든 강의의 진도가 나간다는 뜻이다.

하지만 E-volunteering은 수업에 참여하는 사람을 강제할 수 없고, 수강생들이 얼마나 따라오고 있는지 확인할 길이 없다. 즉 이번 시간에 한 과정을 끝내고 다음 과정으로 넘어가야 하는지 확신이 안 간다. 만약에 학생들 대다수가 따라오지 못한다면 학생들이 모르는 부분을 다시 한다든가, 수업의 방향을 바꾸어야 하는데 E-volunteering에서는 이런 양방향 소통이 어렵다.

특히 라오스 같은 동아시아의 불교국가에서는 스승과 제자 간의 위계질서가 명확하게 성립돼 있다. 학생이 아무리 못 따라간다고 해도 선생님께 수업의 방향을 바꾸어 달라는 말을 하는 문화가 아니다. 그래서 학생들이 내가 전달하고자 하는 내용을 얼마나 받아들이고 있는지 가늠하기가 극히 어렵다. 이를 보완할 방법으로 숙제를 내는 방안도 생각해 보았는데, 학점을 주는 것도 아니고 강제성이 없다 보니 이것 역시 적절한 해결책으로 보이지는 않는다. 코로나19 사태가 장기화돼 E-volunteering이 내년에도 현지봉사를 대체할 확률이 높다. 그런 만큼 이 부분에 대한 고민을 좀 더 해야겠다.

공로패 발송 소식

코이카 글로벌인재활동지원팀으로부터 메일이 왔다. 내용은 공로패 발송과 관련된 안내였다. 원래는 계약종료 시점에 공로패가 발송되지만 올해는 코로나로 인해 특수한 상황이 벌어져 좀 늦어졌다고 한다. 올해는 전 파견국가에서 한꺼번에 단원 1200여 명의 계약이 종료되는 초유의 사태가 벌어졌다. 따라서 기존에 계약했던 공로패 제작 업체 외에 신규 계약까지 체결했다고 한다.

이런 절차를 마무리하고 8월 말부터 발송하려고 했는데 코로나19가 재확산돼 8월 중에도 발송이 지연됐다. 9월 초부터 주소와 연락처 조사 작업이 진행됐고 드디어 공로패가 전달됐다. 그동안 E-volunteering 사업에 참여하고 있어서 내 해외봉사가 끝났다고 생각하지 않았는데, 공로패를 받고 보니 정말 해외봉사가 끝났다는 사실이 실감됐다. 현지에서 관계를 맺은 교수님들과 학생들의 얼굴도 생각났고, 나를 살뜰히 챙겨주었던 집주인 가족 그리고 마을에서 인사를 나누며 지내던 이웃들도 생각났다.

코로나19가 잠잠해져 언제쯤 다시 해외봉사 파견을 갈 수 있을지는 아무도 모른다. 그때까지 준비를 잘해서 다시 봉사를 나갈 수 있기를 꿈꿔 본다.

E-volunteering

줌 회의

코워커(코이카 해외봉사단원들을 가장 가까이에서 돕는 현지 사람)인 너이로부터 연락이 왔다. 줌으로 회의를 하자는 메시지였다. 너이는 해외봉사 활동을 할 때부터 친하게 지냈던 교수님이다. 원래 이름은 훨씬 더 긴데, 그냥 자기를 '너이'라고 부르라고 했다. 너이는 다른 사무실을 썼지만 같은 ICT 파트라서 친하게 지냈다. 영어를 잘해서 대화가 통했고, 한국에 대한 관심도 많았다. 박사과정 입학을 준비하고 있었는데 한국에서 그 과정을 했으면 했다. 그래서 나와 함께 한국 정부 지원프로그램을 이것저것 알아

라오스 코워커 너이와 상사

보았다. 다행히 한국 정부에서 장학금을 주는 프로그램이 있어서 좀 더 알아보고 있는데, 그만 코로나19 사태가 터지는 바람에 잠정 보류해 두고 있다. 그런 너이와는 라인을 통해 자주 소통하고 있었다.

이번에 연락을 한 목적은 회의였다. 나는 사실 며칠 전부터 긴장이 됐다. 라오스어를 잘하지 못하는 나는 학교 회의에서 늘 입을 닫고 있을 수밖에 없었다. 이번 회의도 여전히 똑같았다. 파트장이 일장 연설을 하고 다른 교수님들과 참여한 학생들은 듣고만 있었다. 사실 나는 90퍼센트 정도를 못 알아듣고 있었다. 그래도 화면에 내 모습이 나왔기 때문에 나는 미소를 머금은 채 자주 고개를 끄덕였다. 재미있는 점은 화면에는 내 모습만 나오고 다른 회의 참여자들은 전부 오프라인 모임이었다는 것이다. 즉 화면의 내 모습을 모두가 보고 있는 셈이었다.

줌 회의에서 모든 사람이 온라인 회의를 하면 시선이 분산된다. 하지만 나 혼자 온라인으로 참여하고 다른 사람들은 모두 오프라인에 모여 있다면 그들의 시선은 나를 향할 수밖에 없다. 모두의 시선이 느껴지는데, 정작 회의 내용을 거의 못 알아듣는다는 것은 참으로 고역이었다. 회의가 끝난 후에 라오스 사무소에 질문을 남겼다.

비대면 줌 회의 모습

"코디님, 저 혹시 E-volunteering 참가자도 현지어 학습비가 지원되는지 궁금합니다."

대답은 부정적이었다. 그래도 다행인 게 국내교육에서 현지어 학습을 할 때 받은 라오스어 초·중·고급 교재 세 권 외에 동영상과 오디오 파일이 있었다. 나는 오늘부터 라오스어를 다시 공부하기로 결심했다.

9.

E-volunteering 연장 신청

10월 말에 E-volunteering 연장 관련 이메일이 왔다. 라오스 담당 코디님으로부터였다. 본부에서 문서가 나오자마자 우리에게 공유가 됐다. E-volunteering 연장을 원하는 단원은 활동 중간 결과보고서와 추가활동계획서 그리고 수혜기관연장요청서를 제출해야 한다고 했다.

중간 결과보고서와 추가활동계획서를 제출하는 것은 아무런 문제가 없었다. 중간 결과보고서는 이미 제출한 상태이고, 추가활동계획은 지금까지 수업 진행을 하면서 다음 해에 어떤 것을 가르칠지 계획을 수립하고 협의가 돼 있었기 때문에 정해진 양식에 맞추어 작성만 하면 됐다. 문제는 수혜기관연장요청서였다.

수혜기관연장요청서를 제출해야 하는 시간으로 주말을 포함해 4일이 주어졌다. 한국에서는 가능한 일이겠지만 라오스에서는 이렇게 빨리 공문이 나오지 않는다. 라오스는 아주 사소한 공문서를 작성하더라도 여기저기 결재를 받기로 유명한 나라다. 또 한국처럼 전자정부가 활성화돼 컴퓨터 결재 시스템이 정립된 나라가 아니다.
내가 라오스에서 근무할 때 우리 사무실 바로 옆이 대학 총장실이었다. 총장실에는 항상 교수님들이 들락날락했는데, 바로 결재를 받기 위해서였다. 온종일 사람들이 왔다 갔다 했으며, 총장이 자리를 비울 때는 하염없이 기다리거나 수차례 헛걸음을 하기 일쑤였다.
이런 나라로부터 공문서를, 그것도 대외기관 협조 공문서를 주말 빼고 이틀 만에 받기는 정말 힘들어 보였다. 라오스에서 2년간 일반 봉사단원으로 복무한 코디님도 이런 사정을 잘 알지만 어떻게 노력해 보라는 말밖에 해줄 수 없었다.

나는 급히 같은 사무실을 쓰던 너이에게 연락을 했다. 마침 너이는 퇴근을 하지 않고 있었다. 내 급한 사정을 이야기하고 빨리 수혜기관연장요청서를 받을 수 없겠냐고 물었다. 너이는 영어가 능통해 라오스에서 봉사활동을 할 때는 물론이고 E-volunteering을 시작할 때도 많은 도움을 준 친구였다. 일처리가 빠르고 결재선에 있는 교직원들과도 관계를 잘 구축해 놓아 많은 도움이 됐다.

그런 너이도 이번 일정에는 혀를 내둘렀다. 먼저 내가 근무하는 ICT 파트장이 자리에 있는지 확인을 하러 갔다. 그러나 역시나 금요일 오후에 ICT 파트장은 자리를 비우고 없었다. 너이는 ICT 파트장에게 급히 연락해 사무실로 돌아오게 했다. ICT 파트장은 내가 라오스에 있을 때 같이 맥주도 마시고 많은 이야기를 나누는 등 관계를 잘 맺어놓아서 별 짜증 없이 사무실로 복귀해 주셨다. 너이는 금요일 퇴근시간을 넘겨서까지 문서를 작성해 주었고, 일단 ICT 파트장의 결재를 마친 문서를 시간 내에 보내주었다. 정말 라오스 공기관의 일처리 속도를 감안했을 때 '광속의 일처리'였다. 그리고 다음 주에 대외협력처의 공식 승인이 난 정식 문서가 도착했다.

항상 나를 구해주는 동료 너이

대외협력처 직원은 내가 일을 했던 뉴질랜드에서 석사학위를 받은 교수님으로 나와 친한 분이었다. 공문을 보내주면서 내 안부를 물어와 무척 반가웠다. 나는 7개월이 넘는 시간이 지났는데도 나를 잊지 않고 기억해 주는 라오스 사람들이 무척이나 그리워졌다.

Lao People's Democratic Republic
Peace Independence Democracy Unity Prosperity

Ministry of Education and Sports
Department of Teacher Education
Luangprabang Teacher Training College

No. 3032/LPTTC
Luangprabang, 27th October 2020

Request Letter

Dear Sir,

I, Mr. Anousith Manosane, the deputy director of LPTTC, am writing this letter to request a volunteer of KOICA as further support.

First, I would like to formally express my sincere thanks to Mr. Sonny HAN who previously worked as a volunteer at LPTTC before COVID-19 Outbreak, for his hard work in extending the knowledge in ICT to LPTTC teachers. Although it was such a short working period, it was reported that our teachers and staff learned a lot from him who we always identify as a knowledgeable, skillful, and talented volunteer in ICT.

Therefore, it would be grateful if KOICA could possibly provide him with another chance to return and work at LPTTC. With his rich experience in ICT, I strongly believe that his return will be a golden period for us to take a full time to learn from him as much as we could.

I am also delighted that Mr. Sonny HAN wishes to come back and work with us. We looking forward to welcoming him back to LPTTC.

If you have any questions, please contact us at Lpttcollege@gmail.com.

We look forward to hearing from you.
Yours Sincerely,
Deputy Director

수혜기관연장요청 공문

E-volunteering

연장 발표

E-volunteering 연장 결과발표가 났다. 서둘러서 준비한 탓에 좀 불안했는데 본부에서 내년 4월까지 계속 봉사활동을 해도 좋다고 승인해 주었다. 3월에 갑작스레 떠나게 된 것도 아쉬웠는데, 4개월여 영상으로나마 진행한 수업마저 그만하게 되면 미안해서 어쩌나 하고 걱정하던 차였다. 현지에 있는 동료 교수님들에게 이 소식을 알렸더니 기뻐하셨다. 동료 교수님들이 기뻐하는 모습을 보니 보람도 느끼고 더 열심히 해야겠다는 생각에 마음이 또 무거워졌다.

감사패 도착과 파견 재기 희망

드디어 코이카 귀국단원 감사패가 도착했다. 3월에 귀국한 것을 감안하면 상당히 늦게 도착했는데, 앞에서 짧게 얘기했듯이 그럴 만한 사정이 있었다. 원래는 산발적으로 귀국하던 코이카 봉사단원들이 코로나19 사태로 한꺼번에 귀국한 것이 가장 큰 원인이었다. 감사패 제작·배송을 담당하는 업체 담당자로부터 이메일로 미안하다는 메시지가 도착했다. 배송 관련 문의를 할 수 있는 연락처와 담당자의 이름도 적혀 있었다. 나는 감사패 배송 지연이 미안해할 일이 전혀 아니고, 사실 감사패를 받기도 좀 민망한 기분이다.

동료 귀국단원들도 고작 4개월 남짓한 해외봉사를 마치고 와서 감사패를 받는 것이 좀 송구스러운 기분이 든다는 반응이었다. 아직 E-volunteering 프로그램을 이용해 온라인으로 봉사활동을 이어가고 있지만 감사패가 도착하니 뭔가 다 끝난 것 같은 기분이 들었다.

그런 중에 여기저기에서 재파견이 곧 가능할 것 같다는 소식이 들려왔다. 현지에 있는 사람들로부터도 그렇고 다른 나라의 봉사단원들로부터도 비슷한 이야기를 들었다. 올해 초부터 시작된 코로나19 확산세는 꺾일 줄 모르고, 이대로 가다가는 몇 년이 지나도 코로나19가 없어질 기미가 안 보인다. 그렇다고 국제협력사업들을 마냥 손놓고 있을 수도 없는 노릇일 것이다. 해외에 가 있는 것이 위험하다고 하지만 한국에 있는 것도 그리 안전하지는 않으니 파견을 재개해도 될 것 같다는 생각이다.

다른 단원들과 이야기를 나눴는데, 상대적으로 젊은 단원들은 재파견 공고가 나도 쉽게 다시 나갈 결심을 못 할 것 같다고 했다. 이유를 들어보니 국내교육까지 포함해서 반 년 정도 생업을 떠나 있다가 다시 자리를 잡는 데 정말 힘들었기 때문이란다. 사실 젊은 사람들이 코이카 해외봉사를 망설이는 가장 큰 이유가 이것이다. 아예 국제 NGO나 국제기구 진출로 진로를 정하고 1년이든 2년이든 해외봉사를 갔다 오면 경력 인정이 된다.
하지만 코이카 해외봉사단원은 국제협력인력을 뽑는 것이 아니라 간호·교육·컴퓨터·체육 등 각 분야의 지식과 경험을 가진 사람들을 뽑는다. 이런 사람들은 해외봉사가 끝나고 국내든 외국이든 다시 직장을 잡아 밥벌이를 해야 한다. 그런데 1~2년 봉사를 한 기간이 재취업을 하는 데 그리 도움이 되지 않는다. 선진국에서 새로운 기술을 배웠다면 이야기가 달라지겠지만 국내에서 배운 기술을 전수하러 간 것이기 때문에 솔직히 재취업에 도움이 안 된다.
3월 말에 귀국해서 몇 개월간 열심히 구직활동을 한 끝에 겨우 재취업에 성공한 사람들은 다시 떠날 결심을 하기가 힘들 것이다. 또 대학생 신분에 봉사를 떠났던 단원들은 벌써 복학을 했고, 다시 휴학을 하고 봉사를 떠나기가 힘들다고 했다.

그에 반해서 퇴직을 한 후 봉사를 떠났던 시니어 단원들은 재파견에 긍정적인 생각을 가지고 계셨다. 다시 파견이 재개되면 언제든지 떠날 거라고 말씀하셨다. 나는 솔직한 말로 반반이다. 지금도 온라인으로 해외봉사를 지속하고 있지만, 다시 1~2년 생활 터전을 바꿀 결심을 하고 국내교육에 이어 해외교육을 다시 받고 새로운 곳으로 떠나는 일이 쉽지는 않을 것 같다. 중도 귀국 단원들은 국내교육이 면제될 거라고 하지만 그것도 같은 나라, 같은 기관에 파견됐을 경우라고 한다. 내가 지금 봉사하고 있는 기관이 내년에도 또 봉사단원을 원한다는 보장이 없고, 또 내가 경력을 가지고 있는 분야의 단원을 원한다는 보장도 없다. 재지원을 했다가 다른 나라, 다른 기관으로 파견을 나가게 된다면 다시 새 환경과 새 언어에 적응하는 데 많은 시간이 들 것이기에 지금으로서는 간다 안 간다를 결정하기가 어렵다.

한국에서 국제개발의 목표를 되새기며 찍은 사진

● 한국에서 국제개발협력 분야의 뜻을 이어 나가며

벌써 2020년 겨울에 접어들고 있다. 2019년 쌀쌀한 날씨에 이민가방을 끌고 영월교육원에 입소한 지 벌써 1년 가까이 지났다. 그동안 정말 많은 일이 있었다. 난생처음 가 보는 나라 라오스의 언어 공부, 라오스 파견, 라오스의 대학교에서 지낸 몇 달간의 생활, 예상치 못한 코로나19 사태로 인한 급작스러운 귀국. 그래도 아직까지 국제개발의 꿈과 라오스 현지인들과의 끈은 끊어지지 않고 있다.

처음에 해외봉사를 결심하며 가졌던 마음을 다시 한번 돌아보았다. 곰곰이 생각해 보면 국제개발협력, ODA에 기여, 저개발국과 선진국의 불평등 완화, 세계평화 등의 거대한 목적은 아니었다. 내 인생에 변화가 필요하다는 것이 해외봉사를 결심한 가장 절실한 이유였다.

그렇다면 지금 2020년의 내 모습이 2019년의 내 모습과 얼마나 달라졌을까? 나는 아직도 남의 시선에 신경을 써 옷차림에 주의하고, 아직도 나 자신이 입고 먹고 자고 하는 일에 많은 시간을 사용한다. 하지만 한 가지 변화는 있다. 기본적인 생활에서 중시하는 기준이 변했다. 예전에는 나의 부, 나의 명예, 나의 행복이 모든 선택의 기준이었다면 지금은 이 기준에 타인이 조금이나마 자리를 잡게 된 것이다.

결과적으로는 코로나19 팬데믹이라는 세계 초유의 사태 때문에 애당초 계획처럼 장기간 해외봉사를 하지는 못하게 됐다. 하지만 코로나19라는 바이러스는 1000명이 넘는 코이카 봉사단원들의 봉사 DNA를 말살시킬 만큼 강력하지는 않았다. 그리고 코

봉사활동 수기를 마무리하며

로나19 바이러스가 우리의 삶을 바꾸었듯이 해외봉사라는 일도 우리의 삶을 바꾸어 놓았다. 이 1년간의 기억은 내 평생에 막대한 영향을 주리라고 확신한다.

이 책을 읽게 될 후배 단원들에게 2년, 아니 짧게는 1년이라는 해외봉사는 결코 쉬운 일이 아닐 것이다. 하지만 확실한 것 한 가지가 있다. 2년이든 1년이든 해외봉사가 끝났을 때 결코 후회하지는 않을 것이라는 사실이다.
그리고 후배 단원들에게 당부하고 싶은 것이 하나 있다. 해외봉사를 하는 중에도, 해외봉사가 끝난 시점에도 늘 자신이 처음 해외봉사를 결정했을 때의 마음을 되돌아보라는 말이다. 그 초심을 잃지 않는다면 어떤 어려움도 버텨낼 수 있고, 아주 작은 일에도 행복을 느낄 수 있으리라고 확신하기 때문이다.

아직도 오후만 되면 라오스의 하늘을 물들이던 노을이 떠오른다. 밤에는 라오스의 밤하늘을 수놓던 수많은 별들이 내 가슴에 들어와 박힌다.

1. WFK 해외봉사단 사업

2009년 우리 정부는 부처별로 실행되고 있던 해외봉사단 사업을 통합하여 단일 브랜드인 월드프렌즈코리아(World Friends Korea, 이하 WFK)를 출범시켰습니다. KOICA는 WFK 해외봉사사업의 총괄기관으로서 각 시행기관과 협력하고 있습니다. WFK 해외봉사단 사업은 시행기관 고유의 목표에 따라 다양한 활동 내용을 구성해 운영하고 있으며, 참여 국민이 개개인의 역량과 전문성에 부합한 프로그램을 선택하실 수 있습니다.

주관	시행기관	사업유형	파견기간
외교부 (KOICA)	KOICA	KOICA봉사단	1년~2년
		KOICA자문단	1년
	공모선발(민간기관)	청년중기봉사단	5개월
		NGO봉사단	1년
과학기술정보통신부	한국정보화진흥원(NIA)	IT봉사단	1~6개월
	한국연구재단(NRF)	과학기술지원단	1년
산업통상자원부	정보통신산업진흥원(NIPA)	NIPA자문단	1년
보건복지부	대한한의약해외의료봉사단 (KOMSTA)	한의약봉사단	1~2개월
교육부	한국대학사회봉사협의회	대학생청년봉사단	2~3주
	태평양아시아협회(PAS)	대학생청년봉사단	2~3주
	국립국제교육원	교원해외파견사업	1년
문화체육관광부	태권도진흥재단(TPF)	태권도봉사단	1~6개월

자세한 프로그램 설명은 월드프렌즈코리아 홈페이지(www.worldfriendskorea.or.kr) 참조

2. WFK-KOICA 해외봉사단

KOICA는 협력국가의 요청에 따라 역량과 전문성을 갖춘 봉사단원을 선발해 파견하고 있습니다. 지원자가 가진 역량, 전문성, 경험, 재능 등을 종합하여 협력국의 요청에 따라 적합한 기관에 파견하고 있으며, 교육기관과 공공기관, 지역사회 등에서 학생, 공무원, 주민들과 함께 활동하게 됩니다.

프로그램	활동내용	참가자격	활동기간
일반 봉사단	교육, 보건, 공공행정, 산업에너지, 농림수산 등 SDGs 달성을 위한 개인 봉사단 파견	만 19세 이상 협력국의 요청직무 수행 적격자	1년~2년
프로젝트 봉사단	교육, 보건, 공공행정, 산업에너지, 농림수산 등 SDGs 달성을 위한 팀제 봉사단 파견	만 19세 이상 SDGs 기여 프로젝트 수행 적격자	1년
드림 봉사단	교육, 산업에너지 등 SDGs 달성을 위한 특성화고·마이스터고 졸업(예정)자 파견	특성화고 또는 마이스터고 졸업(예정)자	1년
KOICA 자문단	협력국 정부 부처 및 공공기관에 대한 정책자문과 지식전수를 위한 자문단 파견	협력국의 요청직무 수행 적격자, 경력 10년 이상자	1년
글로벌 협력의사	협력국 의료인 역량강화 및 의료서비스 질 개선을 위한 전문의 파견	전문의 자격증 보유자	2년

자세한 프로그램 및 모집 안내는 KOICA 해외봉사단원 홈페이지(kov.koica.go.kr) 참조

3. 개발협력인재사업

KOICA는 국민들에게 국내·외 개발협력 현장 및 국제기구에서 ODA사업을 직접 수행할 수 있는 기회를 제공합니다. 참여 국민은 다양한 프로그램을 통해 개발협력 분야의 역량 있는 글로벌인재로 성장할 수 있습니다.

프로그램	활동내용	참가자격	활동기간
해외사무소·재외공관 영프로페셔널	개발협력 현장 경험 기회 제공을 위한 KOICA 해외사무소 및 재외공관 인턴 파견	만 19세~34세 이하	6개월 (6개월 연장 가능)
사업수행기관 영프로페셔널	개발협력 현장 경험 기회 제공을 위한 국내 사업 수행기관 인턴 지원	만 19세~34세 이하	7개월
KOICA-UNV 대학생봉사단	UNV와의 파트너십을 통해 UN의 개발협력 현장경험 기회제공을 위한 협력국 내 UN 사무소 파견	만 18세~29세 이하 대학생, 대학원생 또는 졸업 후 1년 이내인 자	6개월
코디네이터	KOICA 개발협력사업 관리 경험 기회 제공 및 국제개발협력 분야 경력 개발 지원을 위한 KOICA 해외사무소 파견	만 19~만 60세 이하 개발협력 관련 경력 1년 이상인 자(국가별, 직무별 상이하므로 모집 선발 시 공고문 참조)	1년 (11개월 연장 가능)
다자협력 전문가 (KMCO)	우리 국민의 국제기구 진출 지원과 KOICA 국제기구 협력사업 모니터링 강화 등 목적으로 KOICA 사무소 소재국 국제기구 파견	만 20세 이상, 국제기구 요청 기준에 부합한 자	1년 (1년 연장 가능)

자세한 프로그램 및 모집 안내는 KOICA 홈페이지(koica.go.kr) 및 KOICA 해외봉사단원 홈페이지(kov.koica.go.kr) 참조

4. KOICA 해외봉사단은 개발도상국의 지속가능한 경제·사회 발전을 돕기 위한 공적개발원조 ODA 사업의 하나입니다

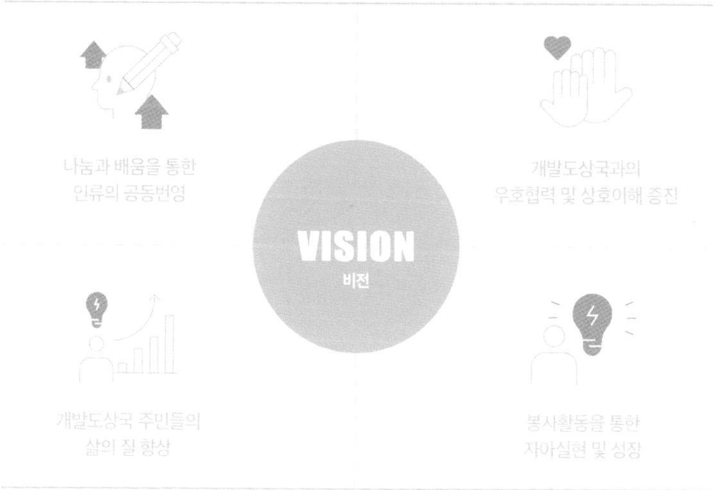

5. 다양한 분야와 직종을 선발합니다

공공행정

파견국의 행정제도 효율화 및 정책 선진화를 위하여 전자정부 및 개발계획 수립지원, 관광자원 개발 등 개도국의 정책적 역량 개발 강화에 힘쓰고 있습니다.

직종 | 관광, 사회복지, 국제개발

보건·의료

의료혜택을 받기 어려운 마을 단위에서의 보건교육과 모자보건, 식수개발, 위생교육 등의 기초 보건환경 개선에 주력하고, 전반적인 의료시스템 구축 업무도 함께 수행하고 있습니다.

직종 | 간호, 물리치료, 보건일반, 임상병리, 방사선

교육

역량개발과 자립발전의 토대로 생산적이며 궁극적으로 경제 및 사회개발에 직접 기여하게 됩니다. 초등교육, 컴퓨터, 태권도, 직업기술교육 등의 직종으로 중점 파견되고 있습니다.

직종 | 과학교술, 미술교육, 미용교육, 요리, 유아교육, 음악교육, 제과제빵, 청소년 개발, 체육교육, 컴퓨터교육, 특수교육, 초등교육, 한국어교육, 사서, 수학교육

농림수산

품종개량, 관개 수리, 작물 다양화, 양식기술 등 농어촌의 생산성 향상과 소득증대를 위한 선진기술을 전수하고 있습니다.

직종 | 농업, 수산/어업, 지역개발, 축산, 식품가공

기술환경에너지

현재 개도국에서는 급격한 인구증가와 도시화에 따른 사회기반시설 구축과 국토의 효율적 이용에 대한 필요성이 증대되고 있습니다. 교통 및 에너지 인프라 개선, 국토관리 기반 조성, 방송통신 등의 분야로 파견되고 있습니다.

직종 | 건축, 기계, 섬유/의류, 용접, 자동차, 전기/전력, 전자, 환경

6. 당신의 해외봉사활동을 지원해 드립니다

국내교육, 현지적응교육 및 봉사활동기간 중
안전하고 효과적인 활동을 위해 각종 지원을 받게 됩니다.

파견 전

국내교육기간
- 예방접종
- 합숙교육기간 상해보험가입

출국준비기간
- 비자발급 지원
- 왕복항공료 및 화물탁송료 지원
- 출국준비금 지급

파견 후

현지정착비
- 주거비 및 생활비(파견국 물가수준 고려 지급)

활동지원
- 활동물품 구입비, 현장사업 및 협력활동 지원비 등
- 봉사단 유숙소 혹은 바우처 제공

건강 및 안전관리
- 재해 및 상해보험 가입
- 긴급후송서비스(SOS): 재난 발생 시 안전한 지역으로 이송
- 의료지원 상해·질병 치료비 지원
- 구급함, 재난키트 등 현지 활동에 필요한 안전장비 지원
- 연간 정기 건강검진 실시
- 24시간 의료 및 심리 상담

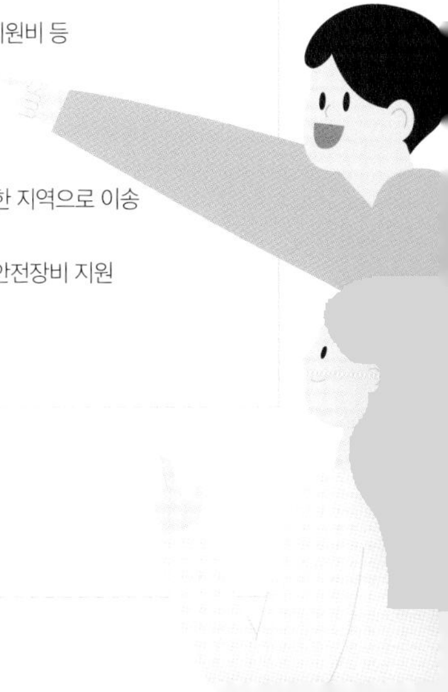

7. 활동 종료·귀국 후 다양한 기회가 제공됩니다

(단, WFK봉사단별로 지원내역은 차이가 있습니다.)

커리어적립금

장기간 해외봉사활동을 마치고 귀국한 해외봉사단원의 국내 정착지원을 위해 활동기간 중 매월 일정 금액을 적립하고 귀국 후 지급합니다.

취업지원

해외봉사활동을 통해 습득한 현지어 능력, 지역 전문성, 프로젝트 경험 등을 사회에서 활용할 수 있도록 취업지원센터(개발협력 커리어센터/ http://job.koica.go.kr)를 운영하고 있습니다.

KOICA/WFK 장학사업

KOICA는 월드프렌즈 해외봉사단이 봉사활동 경험을 활용하여 개발협력 전문가로 성장할 수 있도록 귀국단원 장학제도를 운영하고 있습니다.
봉사활동 분야·지역 및 국제개발협력 관련 전공의 국내외 소재 대학원에 재학 중이거나 입학 예정인 귀국 단원이 장학제도를 통해 선발되는 경우, 학비의 75%(연간 1000만 원 한도)를 지원받을 수 있습니다.

창업지원(리턴 프로그램)

글로벌 인재의 사회적경제 분야 취·창업을 목표로, 입상팀들을 대상으로 사업비 지원, 정기교육 및 컨설팅을 통해 창업 전 사업화 경험을 지원합니다.

국내 봉사단 네트워크

귀국봉사단 모임인 한국해외봉사단원연합회(KOVA) 및 국내 지역별 커뮤니티(수도권 포함 총 9개)가 조직되어 있으며, 협력단에서는 해당 조직들의 활동을 지원합니다.

KOICA(일반직) 지원시 우대

1년 이상 임기 만료 단원은 KOICA 신입직원 채용시 우대가점제도 대상이 됩니다.
(활동 종료일로부터 5년간 유효)

8. 더 좋은 세상 함께 만들어 가요

KOICA는 글로벌 사회적 가치를 실천하는 대한민국 개발협력 대표기관으로서 사람 중심의 평화와 번영을 위한 상생 협력의 ODA를 추진해 나가고 있습니다.

KOICA는 우리 정부의 대개도국 무상협력사업을 전담 실시하는 외교통상부 산하 정부출연기관으로 1991년 4월 설립되었고 프로젝트, 해외봉사단파견사업, 국내초청연수 등 다양한 사업을 통해 개발도상국의 경제·사회 발전을 지원하고 있습니다.

해외봉사단 모집선발 상담센터

주소

글로벌인재교육원(서울) 교육본부 1층 코이카봉사단 모집상담파트
[서울시 서초구 헌릉로 15-18 (구 염곡동 304-3)]

운영시간 · 09:00~18:00(점심시간 12:00~13:00)

전국공통전화 · 1588-0434

홈페이지 · http://kov.koica.go.kr

모집상담 이메일 · kov1@koica.go.kr

KOICA 협력국 리스트

(51개국)

중동·중앙아시아 6개국

아제르바이잔	요르단	팔레스타인
우즈베키스탄	이라크	키르기즈스탄

아프리카 16개국

가나	알제리	DR콩고
나이지리아	이집트	코트디부아르
르완다	에티오피아	탄자니아
모잠비크	우간다	튀니지
모로코	카메룬	
세네갈	케냐	

ODA란?

(공적개발원조)

개발도상국의 경제·사회 발전 및 복지증진 등을 주목적으로 하는 원조로, 공적개발원조 또는 정부개발원조라고도 하며, KOICA에서는 교육·보건의료·농림수산·공공행정·범분야 등 다양한 분야에서 국별협력, 글로벌연수, 해외봉사단 파견, 민관협력 등의 형태로 세계 52개 협력국에서 ODA를 수행하고 있습니다.

주재원 4개국

프랑스(OECD 대표부)
미국(UN 대표부)
스위스(제네바 대표부)
인도(주인도공관)

아시아 16개국

네팔	베트남	타지키스탄
동티모르	스리랑카	파키스탄
라오스	아프가니스탄	피지
몽골	우크라이나	필리핀
미얀마	인도네시아	
방글라데시	캄보디아	

월드프렌즈사무소 1개국

태국

중남미 8개국

과테말라	에콰도르	파라과이
도미니카(공)	엘살바도르	페루
볼리비아	콜롬비아	

SDGs 소개
(지속가능개발목표)

국제사회는 글로벌 문제를 해결하고자 경제성장, 사회발전, 환경지속성을 3대 축으로 하는 지속가능개발목표(Sustainable Development Goals, SDGs)를 채택했습니다. SDGs는 2030년까지 세계빈곤을 종식하고 지속가능개발을 구현하기 위한 17개 목표와 169개 세부목표로 이루어져 있습니다.

초판 인쇄 2022년 05월 20일
초판 발행 2022년 05월 31일
지은이 한성규
발행인 손혁상
발행처 한국국제협력단
주소 경기도 성남시 수정구 대왕판교로 825
전화 031.740.0114
팩스 031.740.0247
홈페이지 www.koica.go.kr

펴낸이 곽지은
편집 방수진, 최다영
디자인 최봄미나, 송혜지
펴낸곳 (주)꽃씨
등록번호 제2020-000215호(2019년 1월 16일)
주소 서울특별시 마포구 포은로 117, 지1층(망원동)
전화 02.335.2182
팩스 02.323.8212

ISBN 979-11-968060-4-0(03810)
값 16,000원